PROJETO NOVA TERRA

Dados Internacionais de Catalogação na Publicação (CIP)
(Câmara Brasileira do Livro, SP, Brasil)

Moitet, David
  Projeto Nova Terra / David Moitet; tradução Sandra Pina. –
1. ed. – São Paulo: Editora Melhoramentos, 2021.

  Título original: New Earth Project
  ISBN 978-65-5539-251-7

  1. Ficção científica - Literatura infantojuvenil I. Título.

20-50267   CDD-028.5

        Índices para catálogo sistemático:
  1. Ficção científica: Literatura infantojuvenil 028.5
  2. Ficção científica: Literatura juvenil 028.5

  Maria Alice Ferreira – Bibliotecária – CRB-8/7964

© Didier Jeunesse, 2017
Texto © David Moitet
Título original: *New Earth Project*

Tradução: Sandra Pina
Diagramação: Amarelinha Design Gráfico
Projeto gráfico de capa: Lobo + Samanzuca
Ilustração de quarta capa: Maumau

Fotos da capa:
Pixabay/Pexels
Miriamespacio/Pexels
Visdia/Shutterstock
Sergey Nemirovskiy/Shutterstock

Direitos de publicação:
© 2021 Editora Melhoramentos Ltda.
Todos direitos reservados

1.ª edição, 2.ª impressão, julho de 2024
ISBN: 978-65-5539-251-7

Atendimento ao consumidor:
Caixa Postal 169 – CEP 01031-970
São Paulo – SP – Brasil
www.editoramelhoramentos.com.br
sac@melhoramentos.com.br

Impresso no Brasil

PROJETO NOVA TERRA
DAVID MOITET

Tradução de Sandra Pina

☰ Editora **Melhoramentos**

Para Eléa, Inès e Pierre...

PRÓLOGO
Verão 2115

Arthur C. Parker estava emocionado. Após anos de dedicação, a primeira nave-mundo estava prestes a ser inaugurada. Parker parou para cumprimentar cada personalidade que havia embarcado no pequeno ônibus espacial. O presidente dos Estados Unidos mantinha uma conversa animada com o da Europa. Um pouco mais distante, o representante dos Emirados Árabes Unidos e seu colega chinês aproveitavam a vista deslumbrante da Terra. Dali se podia ver milhares de estrelas, mas todos faziam o mesmo movimento: se viravam para observar a Terra. Parker não ficou surpreso. Tinha passado pela mesma situação, mesmo tendo sido um dos primeiros a ver mais longe...

– Magnífico, não é? – perguntou, se aproximando da escotilha.

– Excepcional – concordou o presidente da Rússia.

– O que é excepcional, presidente Youchov, é que todos estamos reunidos num mesmo projeto.

– Sim. E graças a você, Arthur. O NEP vai salvar nosso belo planeta. Seu nome ficará marcado na história!

– Ainda há um longo caminho a percorrer, mas acho que estamos na direção certa. Olhe, estamos chegando à nave-mundo.

Todos os olhares se voltaram para o enorme canteiro de obras espacial concebido pelas empresas Parker. O ônibus espacial deslizou por entre as imensas máquinas que faziam a montagem das naves-mundo.

– Vocês podem observar as naves em seus diferentes estágios de construção – ele disse. – Aquela ali estará pronta em um ano apenas...

Assovios de admiração foram ouvidos.

– Tudo é automatizado, e a intervenção humana está restrita ao mínimo, o que limita os erros e, principalmente, as perdas de vidas humanas.

– Estamos nos aproximando da nave-mundo? – perguntou o presidente chinês.

– Exato! A NM-001, a primeira de uma longa série. Vamos sobrevoá-la para que possam observá-la em detalhes. Excepcionalmente, também autorizamos as naves dos jornalistas a se aproximarem de nossos canteiros espaciais. Por isso, há muitas voando ao nosso redor.

O ônibus espacial diminuiu a velocidade e passou acima de um aparelho impressionante.

– É uma maravilha da tecnologia – comentou Parker.

– Uma verdadeira cidade, comportando todo o necessário para efetuar uma longa viagem até New Earth.

Os líderes dos países mais influentes do planeta se amontoaram, como crianças, nas escotilhas para vislumbrar o longo cilindro projetado para alcançar o exoplaneta Epsilon 145B, que havia sido rebatizado de New Earth. Por quase trinta anos, todos haviam contribuído substancialmente para o financiamento do NEP, ou New Earth Project (Projeto Nova Terra), cujo objetivo era permitir que colonos emigrassem para outro sistema planetário, um eldorado cheio de promessas.

A Terra tinha chegado ao seu limite. O aquecimento global, a poluição e a superpopulação ameaçavam o frágil equilíbrio que a natureza levara milênios para construir. É claro que foram adotadas diversas iniciativas para salvar o que ainda restava, mas todos os dirigentes presentes no ônibus sabiam que o NEP era a solução. Por fim, a ideia era enviar um milhão de pessoas por semana para New Earth. Esse planeta, dez vezes maior do que o nosso, poderia absorver sem problemas os recém-chegados, oferecendo-lhes uma chance de se tornarem proprietários e de escaparem da pobreza que assolava a maior parte da população mundial.

Esse projeto maluco, iniciado pelo bilionário e empresário Arthur C. Parker, estava prestes a ter sucesso. Líder no campo da robótica, as empresas Parker haviam conseguido reunir ao redor de uma mesa os dirigentes das grandes nações para pedir que combinassem seus recursos com o objetivo de colonizar um novo mundo. Em algumas horas, o primeiro grupo de colonos deixaria a Terra para sempre, com o coração cheio de esperança.

– Como podem ver, a embarcação tem a forma cilíndrica. Ela gira constantemente no próprio eixo para criar uma gravidade artificial. É impossível viver muitos anos sem gravidade...

– Inacreditável. Essa coisa é gigantesca! – disse o presidente russo.

– Sim, uma extensão gigantesca, presidente Youchov. Há a necessidade de abrigar um milhão de colonos. Repare na imensa estufa no coração da embarcação. Ela servirá para o cultivo agrícola e permitirá que os viajantes tenham acesso a um pouco de vegetação. No parque, plantamos árvores centenárias, recuperadas da Terra. Evidentemente que a bordo há tudo o que é preciso: hospitais, cinemas, áreas recreativas. A ideia é que essa viagem tão longa se passe da melhor forma possível.

– E a embarcação será reutilizável? – Preocupou-se o presidente dos Estados Unidos.

– Esperamos que sim, senhor, esperamos – disse Parker. – Planejamos construir centenas, pois a ideia é que parta uma por semana. Assim que retornarem à Terra, depois de pouco mais de doze anos, as embarcações farão uma segunda viagem, e assim por diante...

Parker deixou seus ilustres convidados por alguns instantes para falar com seu filho de cinco anos, Orion. O garotinho estava também debruçado numa escotilha com um brinquedo na mão, sob os cuidados de sua babá.

– Então, Orion, está gostando do espetáculo?

O menino fez que sim com a cabeça.

– É lindo!

– Um dia você ficará no meu lugar à frente do NEP. Vamos salvar o planeta, filho!

– Sim, papai – respondeu Orion tímido.

Era um garotinho com cabelos dourados como o trigo, olhos de um azul profundo e brilhante e de uma inteligência admirável.

– O que é aquela embarcação pequena que está indo na direção da grande? –perguntou Orion.

Arthur franziu a testa. Uma nave se aproximava da nave-mundo. "Outro daqueles jornalistas que querem mostrar mais do que os concorrentes", pensou o empresário. E apertou seu transmissor.

– Nita, tem um jornalista um pouco curioso demais se aproximando perigosamente da nave-mundo. Pode pedir que ele se restrinja ao seu plano de voo inicial?

– Claro, senhor.

Alguns segundos depois, a voz da assessora de imprensa foi ouvida. Sua entonação demonstrava preocupação.

– Estamos com dificuldades de fazer contato. Parece que desligou o rádio de propósito. Peço às naves de segurança para interceptá-la?

Parker hesitou um instante.

– Senhor?

– Não, Nita, deixa para lá.

– Mas, senhor, pode ser um terrorista. Recebemos inúmeras ameaças...

– Deixa para lá, já disse.

Os líderes das nações mais influentes da Terra lançaram olhares questionadores para Parker. Todos tinham presenciado a troca de mensagens que acabara de acontecer.

Parker simplesmente deu um sorrisinho. Sorriso que manteve no rosto mesmo quando o pequeno ônibus espacial explodiu contra a nave-mundo.

– Meu Deus! Um atentado suicida! – exclamou assustado o presidente europeu.

– Que horror! – acrescentou o líder chinês.

Reduzida a minúsculos detritos, a nave kamikaze se espalhou pelo espaço em um silêncio que surpreendeu todo mundo. No espaço sideral, é impossível perceber o menor som. Na nave-mundo, apenas um leve impacto, pouco visível. Nada além de um pequeno ponto escuro que desapareceu rapidamente graças ao trabalho de um batalhão de robôs de manutenção.

– A nave que fez *bum* não estragou a nave grande – disse Orion.

Parker se virou para Orion, triunfante.

– Verdade, filho. Vejam, senhoras e senhores, como nossa embarcação é sólida. É concebida para resistir a impactos de meteoros, e nada poderá impedir que a primeira

nave-mundo saia da Terra hoje. Nem mesmo extremistas que acham que não devemos nos lançar nessa bela aventura.
– Olha que engraçado – disse o garotinho. – Os robozinhos pintaram a embarcação, e parece que fizeram um O, como de Orion.

Parker olhou, contrariado, para a nave-mundo. A tinta aplicada pelo drones de manutenção não tinha o mesmo tom da original. Aquilo o irritou. Parker amava a perfeição. Teria que trocar umas palavrinhas com os responsáveis pela logística. Mas cada coisa a seu tempo. Em alguns minutos ele faria um discurso que seria visto por milhões de pessoas...

– Sophia, cuide de Orion, por favor. Eu tenho que...
– Meu nome é Sônia, senhor – disse a babá.
– Tanto faz. Conto com você.

Então Parker deu as costas ao filho e foi em direção aos jornalistas.

1
ISIS
Dez anos mais tarde – Ano 2125

Amo as manhãs abundantes. Aqueles minutos roubados do dia, quando paramos um pouco antes de deixar o calor do edredom. Saber que todo mundo já está em atividade enquanto eu prolongo o doce torpor da noite sempre me encanta. Infelizmente, esse privilégio é bastante raro...

EU ME CHAMO ISIS. QUEM ME VÊ ASSIM, DE CALCINHA E SUTIÃ, deitada de barriga para cima na cama, não imagina que sou a esperança da família. É o meu caso. Com relação à minha roupa, as circunstâncias são atenuantes: está fazendo um calor terrível neste verão em Nova York. Parece que antes deste maldito aquecimento global o clima era mais temperado. Porém, agora, são quarenta graus no verão, e nunca menos de vinte e cinco no inverno. É simplesmente insuportável. Com certeza, os habitantes das redomas não têm esse tipo de problema. Suas casas são gigantescas e climatizadas... Mas essa é outra história. Além disso, tenho uma regra: nunca falar sobre eles antes das dez da manhã. Pensar nesses ricaços me deixa de mau humor. Aliás, me pergunto que horas são. Tento abrir um olho. A luminosidade parece ter decidido acabar com minha retina. É dia. Fecho os olhos e me estico. Pela janela, um retângulo de luz se infiltra no quarto. A cortina de poluição é tão densa, que ninguém consegue saber a hora com a ajuda do Sol. Sabemos que está lá porque sufocamos. Bocejo. Ontem à noite estudei até tarde. Hoje, tenho teste de matemática na escola e não quero perdê-lo.

É preciso dizer que os filhos dos pobres, como eu, normalmente não têm acesso à escola. Ela é reservada aos filhos dos que vivem nas redomas. Chamamos eles de os Intocáveis. Há uns anos, numa pretensão de justiça e para criar possibilidade de ascensão social, o governo decidiu autorizar uma minoria de crianças criadas nos bairros pobres a frequentar as mesmas escolas que os Intocáveis.

A cada três anos, crianças de seis a nove anos fazem testes e os melhores recebem uma autorização para ir à escola. Do meu bairro, eu fui uma das duas crianças escolhidas. A segunda foi meu amigo Flynn, de quem vou falar depois. Quando se tem a oportunidade de ir à escola, não faz sentido perdê-la. Sem um diploma é impossível ajudar a família a sair dos bairros muito pobres.

— Isis, vai se atrasar pra escola!

A coisa que acabou de gritar é meu irmãozinho Zach, de seis anos. Ele é irritante, mas meus pais insistem em dizer que podia ser pior. Tateando, encontro um par de meias e jogo na cabeça dele.

— Sai fora, anão de jardim!

Ele se esquiva sem dificuldade. A meu favor, eu tinha acabado de abrir os olhos. Caso contrário, não teria errado. Olho para meu despertador. Com certeza Zach estava zombando de mim.

— Seu tsunami! — digo.

Quanto à ofensa, é necessário dizer que vivemos numa favela flutuante de Nova York, a maior da costa leste. Com o aquecimento global, o nível dos oceanos subiu mais de vinte metros, e as torres de Manhattan estão com as bases na água. Moro bem embaixo de uma delas, em uma das favelas da zona molhada. Por isso, você entenderá que não temos uma grande afeição pelos tsunamis.

Se eu for brilhante nos meus estudos, talvez tenha possibilidade de pagar um apartamento para nós em uma das torres ou, melhor ainda, em terra firme. Porém, para conseguir, já deveria ter saído da minha cama com disposição total, porque corro o risco de perder o famoso teste de matemática que me manteve acordada até tarde.

– Vi os seus peitinhos! – grita o idiota do meu irmão.

Quando se vive numa casa minúscula de três cômodos, melhor esquecer a tal privacidade. Faço minha melhor careta para ele e me visto rápido. Uma camisa cinza e uma saia da mesma cor. Amarro de qualquer jeito a gravatinha do uniforme e jogo na bolsa o necessário para meu dia de aulas.

Menos de um segundo depois, passo correndo pela cozinha/sala de jantar/sala de estar de dez metros quadrados, dou um beijinho na testa da minha mãe e saio como um foguete.

– Não vai tomar sua infusão de algas? – grita minha mãe.

– Não dá tempo. Atrasada! – respondo.

Enquanto me esgueiro por entre as casinhas feitas de todo tipo de material, aciono meu cronômetro mental. Vai ser no limite... São uns dois quilômetros até a escola, e só tenho dez minutos para chegar ao portão. Acelero, ignorando os comentários dos moradores a cada cruzamento, dizendo que eu posso cair. Alguns reclamam, mas a maioria me reconhece pelo uniforme e, no geral, as pessoas me admiram. Elas estão muito orgulhosas por uma moradora do bairro ter sido admitida na escola.

Amo correr. É um dos raros momentos em que tenho a impressão de ser livre. Na saída da zona molhada, dou uma olhada para trás. Acima da floresta de favelas aninhadas umas nas outras, posso distinguir o braço da estátua da Liberdade, que se projeta das águas formando um ângulo de quarenta e cinco graus. Ela desmoronou há uns vinte anos, pelo que me disseram, por causa dos efeitos da maresia e das ondas. Vi fotos dessa estátua, da época em que ainda estava de pé. Sei que é impossível, mas daria qualquer coisa para vê-la inteira, nem que fosse uma só vez. Um dia de tsunami, digo pra mim mesma rindo, antes da onda engolir a todos nós...

Então chego à terra firme. O chão é mais estável do que nas pontes flutuantes, e posso acelerar. Em poucos minutos, vejo, por fim, a escola. O prédio ultramoderno destoa um pouco no bairro, mas as autoridades instalaram as escolas "mistas", como chamam, do lado de fora das redomas para provar à toda a população que os filhos dos bairros pobres têm seu lugar no sistema educacional. Nosso lugar, uma ova! Eles não querem é nos ver entrando em suas redomas, isso sim.

Apesar dos meus esforços, acho que não consegui. Apresento minha retina ao sensor da entrada e espero o veredicto.

– *Você está atrasada, Immaculée-Sissy Mukeba* – anuncia o computador antes de abrir a porta.

Bem, aí está, agora você conhece meu verdadeiro nome: Immaculée-Sissy. Meus pais devem ter abusado da cachaça de batata no dia em que o escolheram. Entende por que prefiro que me chamem de I-Sis?...

Atravesso a câmara de ar e paro em frente ao vaporizador. Fecho os olhos. O desinfetante enche a cabine. Detesto esse cheiro. Mas transmitir micróbios aos Intocáveis está fora de questão... Depois dessa etapa, chego por fim ao pátio. Minha sala de aula fica na outra ponta da escola.

Retomo minha corrida pelo edifício.

2

ORION

Orion batia com força no braço do assento do carro enquanto esperava Miranda Bergson. Olhou o relógio. Eles chegariam atrasados! Por que seu pai precisou aceitar a proposta da mãe de Miranda? A família dela era quase tão rica quanto a dele – ninguém podia se gabar de ser mais rico – e podia muito bem contratar um motorista. No entanto, a senhora Bergson tinha conseguido convencer os pais de Orion que ele ficaria feliz em fazer o trajeto com sua filha todas as manhãs. Aquilo parecia agradar a Miranda, que passava o tempo todo grudada nele, como uma sanguessuga. Todo mundo sabia que Miranda só tinha olhos para ele. Era uma garota bonita, realmente muito bonita. Com seus olhos azuis-piscina e seus longos cabelos louros, alguém poderia até achar que eram irmãos, de tão parecidos. Mas ela tinha um lado superficial e egocêntrico, uma capacidade de fazer tudo girar ao seu redor, que Orion detestava. Ele nunca disse isso a ela, é bem verdade. Totalmente contrário às boas maneiras, e seu pai teria reprovado...

Esperando a garota, Orion deixou seu olhar percorrer a imensa propriedade dos Bergsons. Quase tão grande quanto a da sua família, ela ficava no alto de uma colina, no centro da redoma número 1, a mais cobiçada do país. O jardim era esplêndido, a piscina, infinita, e a casa lembrava um pouco os castelos europeus da Renascença. Tudo banhado por uma luz artificial das mais agradáveis, disseminada pelo teto da redoma, que reproduzia com muita eficiência a claridade natural do Sol. Nos portões de segurança da redoma havia um eterno granizo produzido pela nuvem de poluição que escondia o Sol. Mas aqui, sob o centro dela, tudo era bonito, brilhante, impecável. Era quase possível esquecer o caos que reinava lá fora. Quase.

Miranda fez sua aparição, descendo o pequeno caminho de acesso à rua num ritmo de princesa egípcia, sem se preocupar com a hora. Orion suspirou.

– Bom dia, Orion.

– Bom dia, Miranda. Estamos atrasados.

– Que diferença faz? Eu precisava experimentar um novo penteado – ela disse, se admirando no vidro da janela do carro blindado. – É preciso encontrar uma forma de me diferenciar dos outros, já que somos obrigados a usar este uniforme minimalista. Consegui, não acha?

– Nada mal – respondeu Orion com educação, convidando a menina a entrar.

– Sobre o atraso, podemos confiar em Oskar. Ele vai compensar isso, como sempre. Não é, Oskar?

– Sim, senhorita – disse o motorista, se apressando em fazer Miranda entrar.

Dada a hora, era uma missão quase impossível, mesmo sem respeitar os limites de velocidade.

O carro roncou e o motor de hidrogênio começou a ronronar baixinho. Oskar fugiu do pouco trânsito matinal e saiu da redoma em tempo recorde. Estavam a poucas centenas de metros da escola. Orion apertou o botão para escurecer os vidros.

– Sempre me pergunto por que você faz isso – disse Miranda, que, por milagre, tinha parado de se admirar no espelho de seu celular de última geração.

– Para não começar o dia me confrontando com a miséria e a sujeira – respondeu Orion.

O carro diminuiu a velocidade, depois parou. Orion estranhou.

– Já chegamos, Oskar?

– Não senhor. Temos um pequeno problema. Uma multidão na estrada.

– Só faltava essa – disse Orion, irritado.

Ele reativou a transparência dos vidros e olhou para fora. A avenida estava realmente bloqueada. Um caminhão de alimentos do NEP era a causa do congestionamento. Cerca de uma centena de pessoas se amontoavam ao seu redor, uma confusão digna de uma partida de futebol americano. Todos pareciam estar prestes a se esmurrar por um quilo de barras energéticas ou uma caixa de insetos desidratados.

Orion observava os decrépitos arranha-céus, o lixo espalhado pelas ruas e aquela gente cada vez mais agitada. Acima deles, ocupando toda a largura de um imóvel semidestruído, um anúncio do NEP passava, numa tela gigante, de forma contínua:

Participe do grande sorteio! Você poderá ser um dos 200 mil americanos a ganhar sua passagem para New Earth.

Lembre-se: os ganhadores têm o direito de deixar a Terra com toda a sua família e receberão em sua chegada uma fazenda de dez hectares e uma casa.

Em New Earth, você nunca mais terá fome!

Uma série de fotos passava continuamente, mostrando colonos sorridentes, no coração de uma vegetação abundante. E mais, havia dois sóis bem visíveis nas imagens. Na Nova Terra não havia nenhuma poluição... O contraste entre aquele anúncio cheio de cores e o quadro da miséria que saltava aos olhos em tons de cinza tinha algo de inconveniente. Orion não conseguiu evitar uma careta.

Miranda, que seguiu o seu olhar, decidiu puxar conversa.

– Viu a partida da 522.ª nave-mundo ontem à noite?

– Como não? – disse Orion. – Meu pai organizou uma recepção com o presidente para comemorar os dez anos do NEP. Ele ficou emocionado. Pensa que vai salvar o mundo com seu programa de colonização.

– E você não acha que vai?

– Sim, sim, claro.

– Aliás, o NEP permitiu que mais de 500 milhões de miseráveis partissem para uma vida melhor...

– Sim, na condição de deixar a Terra e de aceitar perder seis anos de sua vida numa viagem muito longa. Não sei se seria capaz de fazer uma concessão dessas – acrescentou Orion, pensativo.

– Mas isso nunca nos acontecerá, ora! Nós somos os Intocáveis! Não...

Com um gesto casual, ela apontou para a multidão, que se agitava cada vez mais.

Os funcionários do NEP que iriam distribuir os alimentos se recusavam a abrir as portas do caminhão enquanto as pessoas não se acalmassem, mas não estava dando certo...

– Oskar – disse Miranda –, não há um jeito de forçar a passagem? É a segunda vez essa semana que chegaremos atrasados.

– Acho difícil, senhorita Miranda.

– Nos deem comida! – gritou um homem.

– Abram essa porcaria de caminhão! – rosnou outro.

— Eles não têm nenhuma dignidade! — se indignou Miranda. — Que falta de educação.

— Com todo o respeito, senhorita, acho que eles estão famintos — ousou Oskar.

— Bem, eles só precisam trabalhar! Avance, Oskar, o carro blindado os fará recuar.

Oskar hesitou. Não tinha vontade de forçar a passagem. Primeiro, porque era perigoso, com o devido respeito a essa bestinha que tinha que suportar todas as manhãs, mas também, e principalmente, porque compreendia aquela gente. No entanto, tinha que reconhecer que precisava conservar seu emprego, o que permitia que ele não fizesse parte daquele grupo de pessoas infelizes, carentes ao ponto de lutar por uma barra energética.

Finalmente as portas do caminhão se abriram e a distribuição começou. Tumulto seria um termo mais adequado. Uns empurravam, outros davam cotoveladas. Quem conseguia pegar uma caixa de comida fugia correndo, na esperança de não ter sua carga preciosa roubada por alguém mais forte. Muitas pessoas caíram e foram pisoteadas por outras. Aquilo durou alguns minutos, então as portas se fecharam. O estoque tinha acabado. Os gritos de cólera recomeçaram. Aqueles que não tinham conseguido pegar nada não queriam voltar para casa de mãos vazias.

— Acabou! — se desculpou o motorista do caminhão. — Não tem mais nada.

Mas as pessoas famintas não queriam saber. Elas começaram a sacudir o veículo, que balançava perigosamente.

— Vá em frente, Oskar! — gritou Miranda. — E dane-se se atropelar um desses selvagens!

— Não será necessário, senhorita. Os PMs chegaram.

PM era a Polícia Motorizada. Aqueles robôs *hightech* produzidos pelas empresas Parker, meio-motos, meio-humanoides, chegavam sempre em tempo recorde, recolhiam suas rodas nas costas e passavam ao modo bípede. Eles eram móveis, fortes e inflexíveis. Sua invenção havia revolucionado o trabalho policial, tornando as forças humanas, até então utilizadas, obsoletas. Cinco PMs se posicionaram ao redor do caminhão. Os gritos cessaram. Todo mundo sabia que não se devia brincar com essas máquinas. A tolerância delas era próxima de zero, e sua tendência à violência não era segredo para ninguém.

– Vocês têm ordem de dispersão. Em um minuto começaremos as prisões.

Nos olhos das pessoas, a cólera se transformou em pavor, e em menos de trinta segundos a confusão ao redor do caminhão terminou. Somente duas pessoas permaneceram no lugar. Uma criança de uns dez anos recolhendo migalhas de um pacote rasgado caído no chão. O garoto nem se deu ao trabalho de levar a comida. Comia conforme ia recolhendo. E, um pouco mais longe, numa calçada, uma velha chorando. Não eram grandes soluços. Não. Apenas lágrimas de desespero que corriam pelas bochechas marcadas pelos anos. Por um instante, Orion sentiu o olhar daquela mulher na direção de seu carro. Teve a impressão de que ela olhava fixamente dentro de seus olhos, ele, o Intocável, o privilegiado, que se enchera na noite anterior de canapés caríssimos, enquanto ela morria literalmente de fome. Orion sabia que não era possível. Que ela não poderia vê-lo através dos vidros escuros do carro blindado. E, no entanto, aquele olhar desesperado o assombraria por muitas noites, estava convencido disso.

Oskar teve que esperar a saída dos PMs e então percorrer aquelas centenas de metros que os separava da escola. Estavam atrasados.

Miranda e Orion correram para a entrada (não havia controle de retina para os Intocáveis, uma entrada era reservada a eles, em frente às salas de aula). Perto da porta, Orion parou.

– O que está fazendo? – perguntou Miranda.

– Continua, que eu te alcanço. Esqueci minha mochila no carro.

Orion deu meia-volta e acenou para Oskar antes que ele fosse embora. Tinha esquecido a mochila. Não era de seu feitio. Os olhos da velha voltaram à sua memória, e ele estremeceu. Com a mochila no ombro, correu para encontrar Miranda.

Para sua surpresa, uma sombra saída do nada subiu pela esquina do prédio, até chegar à entrada e atingi-lo de frente. Ele deu um grito e caiu sentado.

3

ISIS

"A escola é um santuário dentro do qual as origens sociais desaparecem e onde todos podem ampliar o campo de possibilidades." Esse é o lema de nossa escola. Amo esse lema. Pena que a realidade seja bem outra...

ACHO QUE NUNCA CORRI TÃO DEPRESSA EM MINHA vida. Chegar atrasada é uma vergonha. Mais uma esquina a dobrar, e eu chego. Atravesso a esquina do prédio e começo a mudar de direção.

Ei!!! Que coisa é essa?

Eu sempre fui boa em calcular trajetórias. Mas não previ que haveria um obstáculo bem na entrada da escola. Caio no chão, de frente para outro aluno, que também caiu sentado. Colidimos violentamente. Acho que ele também estava correndo. Não é grave, você diria. Exceto que o aluno que eu derrubei não é qualquer um. É um Intocável. Não tenho certeza de que gostará de ver sujo seu belo uniforme branco. Eu o encaro e engulo o palavrão (costumo falar palavrão, mas nunca na escola). Não bastasse meu caminho ter cruzado com um Intocável, e pior, não é um Intocável qualquer, pois estou frente a

Orion Parker, o filho de Arthur C. Parker, o homem mais rico do planeta, ou quase.

Meus olhos desviam de Orion para o painel que decora a entrada da escola.

Ele lembra a todos os alunos provindos das favelas que é proibido ter contato físico com um Intocável. Eu leio as palavras escritas em vermelho:

Qualquer violação a essa regra resulta em sanções que podem chegar à exclusão da escola.

Respiro fundo. Em menos de um segundo, uma boa parte de meus sonhos se acaba. Adeus apartamento em terra firme, trabalho interessante, alimentação em quantidade suficiente... Vou ser expulsa da escola porque toquei em Orion Parker. Já imagino a decepção dos meus pais. Como digo a eles que estraguei tudo porque não ouvi meu despertador tocar? Porque eu estudei até tarde para ter a melhor nota, como sempre. Já posso ouvir o velho vizinho com suas frases baratas. "O melhor é inimigo do bom... Seria melhor se tivesse uma boa nota média. Sempre disse que você não podia ir para a escola dos ricos." Sim, mas eu sou assim. Detesto perder. Adoro ser a melhor e faço o que for preciso para chegar lá. Desculpe, vizinho. Na maior parte do tempo, é uma qualidade. Mesmo tendo horror de parecer fraca, sinto as lágrimas brotarem nos meus olhos.

– Você está bem? Se machucou?

Meu cérebro decodifica as palavras de Orion Parker. Estou sonhando, ou ele ouviu meus pensamentos? Deve ser por causa do choque...

– Hã, não, tudo bem. Estou bem. Desculpe de verdade.

Meio justo, não acha? O que mais eu poderia dizer? Cometi um erro e vou pagar caro por isso.

Vejo surgir Miranda, aquela pestinha. Então me lembro que eles fazem o caminho juntos, todas as manhãs, em um carro que vale o preço de uma dezena de apartamentos em terra firme. Detesto aquela garota. É bonita, rica e tem um futuro brilhante à sua frente. Mas isso não a impede de ser desagradável, além de ser uma aluna bem medíocre.

– Está maluca, garota! – ela exclama ao nos ver no chão.
– O que você fez? Tudo bem, Orion? Essa coisa tocou você?
– Trombamos perto da porta. Foi minha culpa – diz Orion. – Não estava olhando para onde ia.
– Sua culpa? Você está delirando? Ela merece ser expulsa pelo que fez! Vou avisar o diretor.
– Não!

Assisto, impressionada, àquela discussão surreal. Orion disse não?

– Como não? Você não vai se deixar tocar por essa coisa-nenhuma! – Miranda ruge. – Ela já tem a oportunidade de respirar o mesmo ar que nós, então...
– Não. Entendeu o que eu falei? Foi minha culpa. Ela não será expulsa e o diretor não será notificado.
– Mas...
– Miranda, tenho horror que forcem a barra comigo. Você é minha amiga. Então vai respeitar minha decisão. Quero sua palavra.

Miranda se vira para mim e me encara com todo o desprezo de que é capaz. E garanto que ela tem um estoque sagrado em seu pequeno espírito mesquinho. Por um instante a encaro, depois baixo os olhos, consciente de que meu futuro está em jogo aqui, nos degraus da escola.

— Bem, se é o que você quer, tem minha palavra, Orion. Mas estou avisando, Isis Mukeba, se você ousar olhar para mim mais de dois segundos, dou um jeito de mandar você de volta para sua favela junto com os outros Cinzas.

Cinzas, esse é o apelido que nos dão os Intocáveis. Por causa da cor do nosso uniforme, mas não apenas. É também a cor do mundo onde vivemos. A poluição está presente por toda a parte e se deposita sobre prédios, ruas, e até pessoas. Os habitantes das favelas têm um tom de terra, e suas roupas foram perdendo a cor ao longo das décadas. Que sentido há em escolher cores, já que os raios de Sol jamais vão valorizar as nuances do tecido? Na zona molhada, eu sou uma das pouquíssimas que tentam ter roupas alegres (fora do horário escolar, é claro). Vejo que isso surpreende as pessoas, mas eu sou assim, amo ser diferente. Isso também pode ser devido a minha aparência física. Tenho longos cabelos negros e pele bem escura, que destacam meus olhos verdes. Se levar em conta o jeito como os garotos me olham, pode-se dizer que sou bonita... Quanto a Miranda, se acha que me ofende me chamando de Cinza, melhor para ela. Sou tudo, menos cinza. Tenho mil cores dentro de mim esperando para sair.

Orion se coloca de pé e, sem pensar, estende a mão para me ajudar a levantar.

O cartaz preso acima faz seu trabalho: "Não se toca um Intocável". Com um sorriso de canto de desculpas, tomo cuidado para não pegar a mão estendida e me levanto sozinha.

Andamos em silêncio pelos corredores que nos levam à sala de aula.

O professor nos olha bem sério quando entramos depois de bater.

— Vocês viram a hora? – pergunta irritado.

De repente, ele muda o tom quando vê Orion.
– Lamento, professor – o garoto se desculpa. – Nos atrasamos por causa de um tumulto a alguns quarteirões de distância.
– Os três? – pergunta, surpreso, o professor.
– Sim, os três – confirma Orion.
O professor jamais se permitiria duvidar da palavra de Orion Parker.
Fomos para os nossos lugares em silêncio: os Intocáveis à direita, e eu à esquerda. Os cursos são mistos, mas não se misturam os Cinzas com os brancos. Nunca se sabe, sempre haverá o risco de nossa pobreza ser contagiosa... Internamente, agradeço a Orion Parker. Ele me salvou duas vezes esta manhã. Eu jamais acreditaria que tal coisa fosse possível. Olho para ele. O olhar de Miranda me atravessa. Felizmente, seus olhos não são de laser, caso contrário eu seria pulverizada em minha cadeira. Com certeza, eu não fiz uma amiga...

4
ISIS

Eu nunca saí de Nova York. Viagens são para aqueles que têm recursos. Quando mais nova, isso me deixava triste, até o dia em que descobri que os livros poderiam preencher essa lacuna. Ao longo das páginas, eu dei a volta ao mundo várias vezes...

À tarde, depois da aula, Flynn me acompanha. É um grande tronco com um sorriso permanente. Seus longos cabelos castanhos caem emaranhados sobre os ombros. Pode-se dizer que é uma questão de honra jamais penteá-los. "É meu lado selvagem", ele diz o tempo todo. Além de mim, Flynn é o único habitante da zona molhada da nossa idade que foi selecionado para integrar a escola mista. Por trás de seu jeito irreverente, se esconde um garoto muito inteligente. Ele é quase tão bom quanto eu em matemática. Quase. Mas, na verdade, não é isso o que importa. Flynn é meu melhor amigo, para quem eu conto tudo. Em suma, quase um irmão. Enfim, não como o meu irmãozinho, o gnomo horripilante que polui minha existência de manhã até a noite...

– Você escapou bonito hoje – Flynn me provoca.

– Pois é, acredita?

– Um segundo atraso em uma semana pode valer muitos pontos a menos na sua média...

Repassando meu início de dia calamitoso, o atraso me parece quase uma piada. Esboço um sorriso.

– Falei alguma coisa engraçada? – pergunta Flynn.

– Não. Estava pensando no que aconteceu esta manhã. Eu trombei com Orion Parker, e ele acabou sentado no chão...

– Tá brincando?...

Explico em detalhes meu encontro com Orion.

– I-na-cre-di-tá-vel! – Flynn diz, destacando cada sílaba.

– Quando contar isso aos meus amigos...

– Você não vai contar a ninguém – digo.

– Espera, tá de brincadeira? Você me dá a história do ano e diz que não posso contar?

– Isso mesmo.

– Você é maldosa comigo, Immaculée-Sissy...

Dou um soco em seu ombro.

– Ai!

– Você sabe que tenho horror que me chamem assim.

– Claro. Mas me diverte.

– Vai se divertir menos quando precisar de ajuda em literatura e eu negar.

– Mas você nunca faria isso, né?

Sem perceber, já avistamos nosso bairro. Apesar do imenso quebra-mar instalado a um quilômetro da costa, o mar hoje está agitado, e nosso pequeno universo balança suavemente ao sabor das ondas.

– Ah, ainda vou acabar vomitando – reclama Flynn, que não tem alma de marinheiro.

Vejo minha casa. A ideia de ter que aturar meu irmão até o pôr do sol me arrepia. Então, proponho a Flynn irmos ver se nossa plantação está bem. Cinco minutos depois, tiramos nosso barco do esconderijo e nos afastamos dos bairros flutuantes.

Três anos atrás, explorando prédios abandonados (a gente precisa fazer alguma coisa fora do horário escolar), Flynn e eu descobrimos uma passagem num edifício inundado. Apenas uma parte do telhado não estava coberta pelas águas. Evidentemente, atravessamos essa passagem, embora não fosse muito prudente. E lá nos deparamos com um tesouro: uma antiga livraria devorada pelas águas. A maior parte dos livros estava inutilizada, comida pelo sal e pela água, mas algumas prateleiras tinham sido poupadas.

A internet nos dá acesso a montanhas de informações, muito mais do que alguém poderia ler em toda a vida, mas, sabe-se lá por que, eu acho muito mais agradável folhear um livro de papel.

Flynn, como bom comerciante, logo calculou que nossa descoberta não valia um dólar. E se desinteressou completamente por aquela livraria. Deve-se entender que todos procuram formas de melhorar, e não somos exceção a essa regra. Todo objeto recuperado nas ruínas da antiga Nova York tem um valor de mercado. E valor de mercado significa alimentação... "Os livros não interessam mais a ninguém", disse o pragmático Flynn.

Mas, mesmo assim, voltei à livraria diversas vezes. Percebi que se tratava de uma livraria especial, voltada à ecologia, à preservação, ao respeito pela natureza, todas essas coisas que nunca fomos capazes de implementar. Quando se vê hoje o estado do planeta, penso que talvez devêssemos ter nos interessado por tudo isso mais cedo, em vez de mandar as pessoas para quatro anos-luz de distância, em New Earth. Dizem que mais de trinta por cento das terras do planeta foram tragadas em menos de um século... Mas estou divagando.

Lendo todos esses livros antigos, encontrei diversos artigos que explicavam como cultivar com poucos recursos. Basicamente eram destinados ao que se chamava na época de países do terceiro mundo. África, Ásia, esses... Estudei bem o assunto e instalei uma pequena fazenda no telhado de um prédio abandonado, fora da vista das pessoas. Tentei diversos métodos, mas somente dois funcionaram. O primeiro foi a aquaponia. Utiliza-se um aquário com alguns peixes, e seus dejetos vão servir de nutrientes às plantas instaladas um pouco mais longe. Bombeamos a água do aquário que fertilizará as plantas. As plantas filtram a água, e ela pode voltar para o aquário. Isso produz belos e frondosos legumes. No início, Flynn zombou muito de mim. "É impossível cultivar legumes com a poluição e o solo totalmente impróprio por causa das chuvas ácidas! Todo mundo sabe disso, querida Isis!"

O mais difícil foi encontrar sementes de legumes. Vasculhamos os lixões próximos à grande redoma durantes muitos dias, até encontrar alguns espécimes ruins, de onde extraímos com muita paciência todas as sementes. Quanto aos peixes, é claro que foi muito mais fácil. Quando se vive sobre a água, a pesca é um meio de obter proteínas, mesmo os peixes estando cada vez mais raros. Meu pai diz que eles estão ficando mais espertos a cada geração. Eu acho que a água está poluída demais e que há cada vez menos peixes. Colocamos os que conseguimos pescar em um velho aquário recuperado de um apartamento abandonado e, durante dois meses, todos os dias, trazíamos escondido da escola punhados de terra para as caixas com as plantas verdes.

Quando meu sistema começou a funcionar, e conseguimos nossos primeiros vegetais, Flynn ficou pasmo. Aos poucos, fomos melhorando a estrutura e hoje estamos compartilhando com diversas famílias, começando pelas nossas, é claro.

Há também um segundo método que funciona, mas vou falar disso outra hora, porque chegamos ao prédio abandonado. Ninguém habita mais essa área de Manhattan. As fundações dos edifícios estão enfraquecidas pela água e eles podem desabar a qualquer momento. Por isso é proibido viver aqui. Escolhemos um prédio que parecia o menos danificado, e um dos menos altos também, porque nosso barco nos leva apenas até o quinto andar. Mais que isso, é preciso escalar.

Cada vez que vou à fazenda, como a chamamos, tenho medo de que alguém tenha passado e roubado nossos preciosos vegetais ou, pior, tenha vasculhado nossas instalações. Depois de dez andares de escada, minhas pernas estão queimando. Com Flynn, é uma questão de honra subir correndo. Bem, tenho que admitir que, nisso, ele vence muitas vezes...

Dou um suspiro de alívio quando vejo que tudo está no lugar. Uma bela abobrinha nos espera, pronta para ser colhida, e dois tomates também.

– Faça as honras – diz Flynn.

Depois de alimentar os peixes, eu colho os legumes e os coloco com delicadeza na minha mochila.

Então, nós dois ficamos alguns minutos olhando o oceano, esparramados nas velhas espreguiçadeiras que montamos aqui. Ao largo, o imenso quebra-mar tenta canalizar os humores do oceano e limitar as ondas. As máquinas parecem dentes de tubarão esperando pacientemente que presas descuidadas se aproximem. Do outro lado da barreira de proteção, observo as ondas furiosas e os borrifos de espuma que parecem estar disputando para tocar o céu.

    Fecho os olhos e imagino como seria essa paisagem banhada pelos raios de Sol. Enfim, tento imaginar, por que nem eu nem Flynn jamais vimos o Sol de verdade, apenas nos filmes.

    Flynn pega a minha mão. Instintivamente, eu a afasto. E depois, dou uma piscadinha para ele.

    – Hora de voltar! – digo.

    Desde que me lembro, Flynn é meio apaixonado por mim. Eu o adoro, mas, infelizmente, não compartilho seus sentimentos. Nunca falei sobre isso com ele com medo de magoá-lo...

5
ISIS

Quando chego em casa, armada com minha abobrinha e meus tomates, digo a mim mesma que vou deixar as pessoas felizes. Mas a hora não é para festa.
– Problemas? – pergunto, vendo meu pai.
Ele baixa a cabeça e não responde. Minha mãe faz isso em seu lugar.
– Seu pai não conseguiu ser contratado hoje de manhã – explica.
É a segunda vez nesta semana. Sem trabalho significa sem alimento. Há muito tempo que o dinheiro não tem valor em nossa comunidade. Os trabalhadores se apresentam na praça central da cidade e fazem fila para que os empregadores os levem a um canteiro de obras ou a uma fábrica, se precisarem. Nos dias bons, todos conseguem trabalho e voltam para casa com uma ração de comida. O governo chama isso de flexibilização extrema. Eu chamo de escravidão, o que irrita meu pai. Mas nesta noite não vou me lançar numa discussão estéril com ele. Está muito abatido. Mais do que nunca, tomo consciência de que meus pais realmente precisam que eu tenha sucesso nos estudos. Tenho que tirá-los desta miséria. Tenho que ser mais séria, nem que precise

colocar dois despertadores em vez de um e, principalmente, jamais tocar num Intocável. Ser expulsa da escola acabaria com meu pai, tenho certeza.

De repente me sinto um pouco ridícula com meus legumes minúsculos, mas os coloco sobre a mesa. Minha mãe me olha com gratidão. Pelo menos não vamos ficar com a barriga totalmente vazia nesta noite...

– Acha que amanhã vai melhorar? – pergunto ao meu pai.

Ele sorri com carinho.

– Sim, claro, querida. É preciso confiar no futuro, como dizia seu avô. Um homem muito corajoso.

Tão corajoso, que morreu de exaustão aos cinquenta anos, e que eu mal conheci. Gostaria que meu pai não acabasse da mesma forma.

– Malditos robôs – digo.

– Não deveria falar assim, Isis. É o progresso, só isso.

Nos últimos anos, os robôs se tornaram tão poderosos, que foram substituindo aos poucos os trabalhadores humanos. Isso começou com as funções mais físicas, mais básicas, ao longo do século passado. Porém, as máquinas foram ficando cada vez mais hábeis e capazes de fazer as mesmas coisas que os homens, senão melhor. Como competir com pedaços de ferragens que trabalham vinte e quatro horas sem reclamar? Assim, há cada vez menos trabalho para não menos trabalhadores... Para piorar, os patrões, acostumados com o ritmo dos robôs, exigem que os homens trabalhem na mesma velocidade. Não é incomum funcionários desabarem de exaustão nas linhas de montagem das fábricas.

– Vou à distribuição do NEP amanhã – propõe minha mãe.

– Não, Sandara – responde meu pai. – Você sabe que tenho horror que você vá lá. As pessoas são capazes de qualquer coisa por um pedaço de barra energética. É perigoso.

Amanhã vou me levantar mais cedo. Assim, tenho certeza de que farei parte dos escolhidos.

Posso ouvir minha mãe suspirando. Mais cedo. Hoje o despertador do meu pai tocou às três da manhã. Difícil pensar em mais cedo...

– Seu dia foi bom, querida? – pergunta meu pai.

– Ah, sim, muito bom.

Eu minto mal, mas ninguém percebe, então tudo bem... Como poderia contar a eles que estive por um fio de ser expulsa?

– Acho que fui bem no teste de matemática.

– Melhor assim – diz meu pai –, melhor assim.

– Também tenho uma boa notícia – anuncia então minha mãe.

Todo mundo se vira para ela.

– Sua tia Lily mandou a mensagem anual!

Zach larga seus blocos de construção para se juntar a nós, o que, num espaço desse tamanho, se resume a se virar. Tia Lily. Lembro muito pouco dela, e uma lembrança não muito agradável. Lily é a irmã mais nova de mamãe. Quando eu era pequena, ela passava o tempo todo apertando minha bochecha e dizendo que eu era linda. Ela foi uma das sortudas vencedoras em um dos primeiros sorteios do NEP, há nove anos. Recebeu passagem para ela, o marido e o filho para New Earth. Há pouco menos de três anos eles chegaram ao novo planeta e todo verão nos enviam notícias. O NEP limitou as comunicações privadas entre a Terra e sua gêmea distante, pois têm um custo exorbitante. Nunca entendi como uma transferência de informação pode ser tão cara, mas confesso que não conheço muito bem as sutilezas das viagens espaciais.

Minha mãe lança a mensagem em nossa tela, alimentada por uma turbina eólica posicionada no telhado de nossa casa. Tenho desejo de que a bateria não esteja completamente carregada, o que evitaria ver tia Lily ostentar sua felicidade por intermináveis minutos, enquanto estamos quase morrendo de fome.

O filminho se parece muito com o do ano anterior. Lily envelheceu um pouco. Ganhou peso. Penso comigo que isso não acontecerá conosco. Então ela nos mostra imagens de sua fazenda, seus animais, seu filho James, que cresceu bastante. Ele está sem camisa, cortando lenha. Ficou grande e forte... Alguma coisa me incomoda, mas não quero falar nada. Franzo a testa. Tenho a impressão de que é algo muito importante. Por mais que procure, não sei o que me perturba. Tia Lily é toda sorrisos, seu marido também. Minha mãe tem lágrimas nos olhos.

– Podemos ver de novo? – pede Zach.

– Vou me deitar – digo.

– Mas, Isis... Ainda não comemos – protesta minha mãe.

– Estou sem fome. Além disso, tenho dever.

Não é verdade, é claro. Nem sobre a fome, nem sobre o dever. Meu estômago está roncando, mas penso no meu irmãozinho e nos meus pais. Eles não têm direito a uma refeição completa como a que eu tenho na escola. Então, prefiro que eles dividam o pouco que nos resta. Eu compenso na cantina...

E, de todo jeito, está fora de questão me sujeitar de novo à "Tia Lily está feliz", capítulo três. Nem sob tortura...

6

ISIS

Eu tenho que ser a melhor. Terminar antes dos outros, entender mais rápido, ser mais veloz. Devo isso aos meus pais e a todas as crianças da zona molhada que jamais irão à escola.

Um novo dia de aula começa. Tenho a impressão de que meu estômago está gritando de tanta fome, mas, é claro, não deixo transparecer. Espero a refeição do meio-dia. Fico me perguntando quantos alunos Cinzas estão com a mesma sensação. Olho para os Intocáveis. Com suas bochechas rechonchudas e seu ar tranquilo, eles não têm as mesmas preocupações alimentares, sem dúvida. Percebo que Orion está me olhando. Ele sorri. Eu me viro, achando que alguém – Flynn, por exemplo – esteja fazendo alguma macaquice atrás de mim. Mas Flynn está ouvindo a lição e não me dá atenção. Mecanicamente, me preparo para dar um sorriso tímido para Orion, mas desisto no último instante.

O que está acontecendo com você? Não vai, nem ao menos, fazer um pacto com o inimigo?

Posso até ver daqui a cara de Flynn se ele me pegar sorrindo para um Intocável. Seria bem capaz de arrancar meus olhos. Mas admito estar intrigada com o comportamento de Orion

Parker. Preparando uma jogada? Sempre é preciso ter cuidado com os Intocáveis. É a regra. Penso no que aconteceu ao meu pai, nas nossas refeições espartanas, na nossa cabana feita de restos. Tudo isso é culpa de gente como Orion. De gente que nos explora para preservar seu pequeno paraíso. Não quero mais sorrir. Meu reservatório de raiva está recarregado. Quase me esqueço da fome. Ouço a voz do professor ao longe. Não faz meu gênero não escutar as aulas. Preciso me concentrar.

O professor é um substituto. Parece que a senhora Glayer está doente. Não imaginava que aquela mulher grande, esculpida em um bloco de pedra, poderia ficar doente. O substituto chegou há dois dias. Se chama Van Duick. Nome engraçado. Sim, eu sei, não é pior que Immaculée-Sissy... Ele é pequeno, bem jovem, e não para de mexer no zíper de sua jaqueta enquanto fala. É uma espécie de tique. No início achei isso um pouco irritante, mas me acostumei. Ele tem os cabelos bem curtinhos, quase raspados, e um rosto atraente com olhos penetrantes. Quando olha para você, parece que está lendo seus pensamentos. E, justamente, ele se vira para mim. Como uma idiota, sinto minhas bochechas corarem. Prendo a respiração. Será que adivinhou que eu estava pensando nele? A vantagem de ter a pele bem escura é que a vermelhidão não aparece.

– Senhorita Mukeba, parabéns – diz o professor. – Você teve 96% de acerto no teste de matemática. Você honra o seu bairro. Acabei de enviar os resultados para os seus *tablets*. Podem consultar.

Respiro de novo. O professor não leu meus pensamentos. Passo o dedo sobre minha mesa digital e a tela acende. Olho com atenção minhas respostas, buscando os 4% que faltaram. Identifico logo os meus erros e prometo a mim mesma não repeti-los.

– A média é de 75% – diz Van Duick.

Na coluna lateral da mesa acaba de aparecer uma curva. Ela indica os resultados da classe. A inteligência artificial do computador do professor exibe em tempo real todos os dados necessários em nossas telas, com base nas palavras pronunciadas por ele. É muito prático. Muitas vezes me pergunto como eram as aulas no século passado. Vi documentários onde os alunos usavam lápis e papel. Isso seria difícil hoje em dia, já que quase não há árvores.

Olhando mais atentamente, percebo que não tive a melhor nota. Outro aluno teve uma nota melhor do que a minha. Clico na coluna 95-100% na minha mesa digital. A máquina exibe dois nomes. O meu e o de Orion Parker. Ele teve 1% a mais que eu: 97%. Mecanicamente, me viro em sua direção. Para minha surpresa, ele já está com os olhos fixos em mim e encolhe os ombros.

Como eu gostaria de arrancar aquele sorrisinho vitorioso de seu rosto! Ele não sabe o que significa para mim ser a primeira... Ter melhores resultados do que os Intocáveis é minha única oportunidade de um dia ser capaz de reivindicar meu lugar entre eles e tirar minha família da favela.

E tem outra coisa... Sempre que um professor dá um dever e eu tenho a melhor nota, sinto os olhares sufocadores e desdenhosos dos Intocáveis sobre mim. Eu sou a pedra no sapato deles, o grãozinho de areia que perturba suas certezas. Provo a eles que se pode ser inteligente sem ter nascido do lado bom da redoma. E hoje Orion Parker em pessoa me privou desse pequeno prazer.

Sinto seus olhos na minha nuca, mas não me atrevo a olhar para trás. Qual é a sua jogada?

– Podemos fechar a página de matemática – disse o professor Van Duick. – Adoraria que nos dedicássemos o restante do dia a desenvolver um TP em grande escala.

Fico atenta. Ficar sentada numa cadeira, para mim, não é natural, e sempre fico ansiosa pelos trabalhos práticos. Sejam eles esportivos, culturais ou artísticos, os TPs são oportunidades de deixar nossas mesas e nos mexermos um pouco. Presto atenção às palavras do professor.

– Este TP é um pouco diferente. É uma iniciativa pessoal que nunca, eu creio, foi tentada. Se trata de um TP "social".

Um TP social? Que delírio é esse? Nunca ouvi falar. Feliz ou infelizmente, o professor esclarece:

– Percebi certa animosidade entre os alunos desta turma, e também entre os alunos da escola como um todo.

Alguém levanta a mão. É Miranda.

– Não sei do que o senhor está falando. Nos entendemos muito bem nesta turma.

– Deixe-me terminar, senhorita, posso? – continua o professor. – Percebi tensões entre os alunos vindos dos bairros pobres e os que vivem sob a redoma.

Murmúrios abafados aumentam dentro da sala. É claro que existem tensões, digo a mim mesma. A gente se detesta de forma cordial.

– Acho que essas tensões se devem à falta de conhecimento, mas também à organização de nossa escola, que tende a separá-los sistematicamente, tanto em sala de aula como nas atividades. Devo lembrar a vocês que as escolas mistas foram desenvolvidas para permitir a criação de um vínculo entre as populações. Não o contrário. A base do TP é bem simples: cada habitante da redoma deverá escrever uma redação comparando a ideia que ele tem das favelas com a realidade que descobrirá durante o trabalho. Para os alunos provindos das comunidades, o mesmo processo, invertido, é claro. Do ponto de vista prático, a organização é simples: depois do almoço, a metade dos alunos das favelas levará um aluno da redoma para visitar o lugar onde vive. A outra metade acompanhará seus colegas até a redoma.

Desta vez os murmúrios se transformam em protestos.

– Mas você não tem o direito! – grita um Intocável. – Você quer levar os Cinzas para nossa redoma? É proibido por lei!

– Eu já tive autorização.

– Mas os Intocáveis jamais poderão colocar o pé em nossa favela com seus uniformes imaculados! – acrescenta um Cinza que mora nas torres com vista para a zona molhada. Eles serão linchados.

– Eu já planejei tudo – explica o professor. – Recebemos uniformes extras. Hoje, alguns de vocês vão mudar de cor.

Van Duick não está raciocinando direito. Miranda está com muita raiva e tão vermelha quanto os tomates que crescem na minha fazendinha pessoal.

– Amanhã vocês apresentarão para a turma o resultado desta tarde. E alerto que será observado e valerá dois pontos na média. Eis as duplas: Flynn com Miranda, vocês vão à redoma. Catherine e Andréa, redoma. Orion com Isis, zona molhada...

Fico chocada. Orion Parker comigo dentro da zona molhada? É suicídio. Van Duick deve ter fumado algas verdes! Ele continua a lista sem se preocupar com os protestos que vão se acumulando ao seu redor. Minha cabeça está girando. Que dia é hoje? Terça-feira. Claro, tinha que ser numa terça-feira... Que situação... mas, de uma coisa tenho certeza: as próximas horas serão as piores de toda a minha existência.

Meu estômago me lembra que eu não como nada há vinte e quatro horas. O sinal toca. Enquanto xingo Van Duick e sua ideia idiota, acompanho meus colegas ao refeitório. Todos só falam de uma coisa: o TP social...

7

FLYNN

—Então, você vem comigo ou vai ficar aí plantado como um idiota?

Flynn suspirou. Estava usando um uniforme de Intocável tão grande, que se sentia ridículo. Sua maior preocupação era que um de seus amigos da zona molhada o vissem vestido assim. Felizmente, fez o trajeto até a redoma no carro de Miranda. Sem trocar uma palavra. Flynn olhou para a garota. De todos os Intocáveis, ele tinha caído com ela. Azar. Esperava o pior.

Uma vez cruzado o posto de controle, o carro parou. Miranda desceu e o convidou a fazer o mesmo. Arrastando-se, ele a seguiu.

— Então, estamos no interior – disse Miranda. – Como é a sensação de ter o privilégio de visitar a redoma?

Flynn deveria ter dado uma resposta à altura, mas não pôde deixar de admirar o céu. Ou melhor, as telas gigantes que davam a ilusão de um céu azul, permeado de nuvens de algodão, e mascaravam os raios de Sol.

— Fecha a boca, ou vão achar que você viu um fantasma.

Flynn cerrou os dentes, mas se esforçou para tirar os olhos daquela ilusão construída com perfeição. Por fim, baixou a cabeça e olhou a paisagem ao redor. De fora, a redoma era uma semiesfera de dimensões astronômicas, com mais de dez quilômetros de diâmetro. Seu cume se perdia dentro da nuvem de poluição. Com o tempo, ele tinha aprendido a ignorar aquela massa sombria que dominava a cidade. Mas jamais tinha imaginado que seu interior pudesse ser tão luminoso.

– Vamos caminhar um pouco para você poder descobrir o bairro – disse Miranda.

Flynn a seguiu. Ao seu redor tudo era limpo, organizado. As ruas não eram cheias de buracos, nem tinham lixo no chão, e, principalmente, havia plantações por toda parte. Em toda a sua vida, Flynn jamais vira tanto verde. Do lado de fora da redoma, as poucas árvores raquíticas não eram nada perto das que cresciam ali. "Isis enlouqueceria num lugar assim", ele pensou. "Com certeza ela começaria a pegar sementes..."

– Alguma coisa engraçada? – perguntou Miranda.

– Não, nada. Só estava pensando em alguém. Aqui é realmente bonito.

– E você ainda não viu nada. Estamos no bairro dos funcionários. Eu moro um pouco mais acima, na colina.

– Naquele castelo que a gente está vendo?

– Não. Aquela é a casa de Orion.

– Ah.

Miranda ficou chateada. Não morava na maior casa. Flynn achou aquilo ridículo. Ela não podia se contentar com o que tinha?

Passando por uma propriedade protegida por uma cerca, um latido assustou Flynn.

"Um cachorro", pensou. Não eram vistos há séculos. Nas favelas, tudo o que era comível havia desaparecido há muito tempo. Até mesmo os ratos eram uma opção. Ali, as pessoas tinham meios para se alimentar e também para dar comida aos animais. Era outro mundo. Uma mulher se aproximou da cerca.

– Bom dia – disse Flynn.

– Bom dia – respondeu a moça sorridente.

Ela era linda, com seus longos cabelos negros e olhos amendoados.

– Para de babar – disse Miranda, sem parar de andar.

Flynn a alcançou, não sem dar uma última olhada para a moça. Ela era mesmo muito linda. Não tanto quanto Isis, é claro, mas muito bonita.

– Você não cumprimentou a moça? – perguntou Flynn, surpreso com a falta de educação de Miranda.

– Cumprimentar uma empregada? Por quê?

Flynn seguiu sem hesitar. "Na casa dos ricos", pensou, "até os empregados são bonitos." Andando pelas ruas, seu deslumbramento acabou dando lugar a diversos sentimentos. Certa inveja, tinha que admitir, com relação a todos os que tinham a oportunidade de viver ali... Mas também uma compreensão mais profunda dos problemas que havia no entorno da redoma. Depois de ver tudo aquilo, ele entendia por que as pessoas não queriam voltar a viver no exterior. Em seu lugar, ele seria capaz de proteger esse direito até a morte. No entanto, não estava no lugar deles. Ao integrar a escola mista, ele teria, talvez, uma oportunidade de obter os meios para pagar por um pequeno estúdio dentro da redoma. De qualquer forma, poderia trabalhar ali, o que já não seria ruim.

Ao chegar ali, ele esperava sentir muita raiva, mas ficou surpreso de sentir apenas certo otimismo, meio que fatalista. Havia quem fosse mais digno de pena do que ele, dizia a si mesmo, contemplando todas as coisas magníficas que repousavam ao abrigo da redoma.

– Estamos em casa – disse Miranda. – Convidei alguns amigos.

Ao redor de uma piscina, diversos adolescentes da mesma idade estavam, visivelmente, se divertindo muito. Miranda emprestou a Flynn um calção de banho e indicou uma cabaninha onde ele poderia se trocar. Uma vez lá dentro, Flynn ficou perplexo com o pedaço de tecido. O oceano não passava de uma gigantesca caixa d'água, e ele nunca tinha aprendido a nadar. Essa inaptidão o tinha dispensado das aulas semanais de natação, e ele jamais tinha colocado um calção de banho. Entretanto, surpreso com a acolhida de Miranda, que até o tinha convidado a ir à sua casa, decidiu não parecer ingrato e vestir o estranho pedaço de pano elástico. Ele experimentou e o achou muito apertado. Será que era moda na redoma? Se enrolou numa toalha e deu de ombros. "Uma vez dentro d'água", pensou...

Saiu da cabana e encontrou Miranda e seus amigos, que o esperavam à beira de uma água azul-turquesa.

– Vamos nadar? – propôs Miranda.

As toalhas foram jogadas na grama, e os três amigos de Miranda se aproximaram da piscina. Passada a surpresa da sensação da grama sob seus pés, estranha, porém agradável, Flynn percebeu que a roupa de banho dos outros não era grotesca como a dele. Os dois garotos usavam bermudas compridas, e Miranda e sua amiga, maiôs ajustados, que evidenciavam suas formas sem defeito.

– Então, você vem? – perguntou Miranda.

– Não estou com vontade – Flynn se desculpou, temendo passar por ridículo.

Mas Miranda tinha outras ideias. Ela se aproximou e puxou a toalha enrolada nele. As gargalhadas começaram. Flynn não ousava se mexer, sob o efeito da surpresa e da decepção. Miranda tirou uma foto com seu tablet e digitou alguma coisa.

– E aí está – ela disse. – Enviada a todas as redes sociais da redoma.

– O que você colocou na legenda? – perguntou a amiga rindo.

– A roupa de banho de um Cinza. Poucos recursos, pouca roupa de banho! – vangloriou-se Miranda, orgulhosa de seu feito.

Desta vez, os risos se transformaram em gargalhadas.

Flynn estava furioso. Pegou sua toalha e se cobriu para se proteger dos olhares. Porém, o mal estava feito. Deveria ter desconfiado de Miranda. Aquela peste estava zombando dele. Por um segundo, se viu dando-lhe um tapa daqueles, depois se retraiu. Era uma Intocável, e ele, um Cinza. O uniforme impecável emprestado pelo professor Van Duick não mudara nada. Se levantasse a mão contra Miranda, seria expulso da escola.

Com a cabeça baixa e sob um monte de piadas, voltou para a cabana e vestiu suas roupas, o tempo todo se perguntando o que poderia contar em sua redação. No espírito de vingança, esperava que Isis fizesse aquele bastardinho do Orion Parker sofrer...

Lá fora, uma voz adulta foi ouvida.

– Miranda? Você não está na escola?

Flynn escutou a jovem Intocável explicar à sua mãe o conceito do TP social.

– Um Cinza, dentro da redoma, no nosso próprio jardim? – senhora Bergson se indignou. – Seu professor perdeu a cabeça?

8

ISIS

Para onde quer que eu olhe, vejo construções em ruínas, rostos sem graça e paisagens mergulhadas em um nevoeiro permanente. A nuvem de poluição que cobre o planeta envolve tudo e deixa cada centímetro quadrado de seus dedos grudento. Faço um grande esforço para encontrar pedaços de cor nessa acinzentação perpétua. Esses flashes de fantasia não são mais do que um cinza claro, mas isso já é bastante...

— Curiosa essa ideia, não acha, de nos mandar na casa uns dos outros?

Olho para Orion Parker e dou de ombros.

– Se isso diverte nossos professores. Então, o que você vai colocar em sua redação? – pergunto.

– Depende.

– Depende do quê?

– Depende se você vai continuar a me mostrar o que eu posso ver todos os dias quando passo dentro do meu carro blindado, como está fazendo há duas horas, ou se você vai decidir, por fim, me guiar dentro do seu universo.

"Me guiar dentro do seu universo..." Franzo a testa.

– Tudo bem, você pode falar normalmente. Expressão oral não é avaliada dentro da zona molhada.

Orion permanece impávido. Sua confiança tranquila me irrita um pouco.

– Adoraria aproveitar bem este momento para descobrir como vocês vivem – disse Orion. – Não sei se terei outra oportunidade tão cedo. Nem tenho certeza de que meu pai gostaria da ideia de me ver aqui sem guarda-costas.

Eu o observo com atenção. Ele é grande, corpo bem-feito, mas sem excessos, e tem belos olhos azuis. Com essa roupa cinza seria bem interessante... Meus olhos chegam aos seus sapatos caros, o que me faz lembrar que o garoto que está à minha frente não é um de nós...

– E por que você gostaria de descobrir como vivemos?

– Para me colocar no seu lugar. Para entender o que faz vocês serem tão agressivos às vezes...

– Agressivos? – eu pergunto. – Tá brincando? Vocês é que são agressivos conosco. Nos olham como se fôssemos inferiores, desfilam com seus uniformes brancos, comem refeições de melhor qualidade que nós...

– Sobre as refeições, é uma questão de adaptação de nosso estômago. Não estamos habituados ao mesmo tipo de comida que vocês...

– Ah, sim, claro... E você engole esses disparates...

Enquanto seguimos nesse debate acalorado, guio Orion pelo coração da zona molhada, andando pelas cabanas construídas umas ao lado das outras. Algumas vezes, o espaço entre duas habitações é tão pequeno, que não se pode passar lado a lado.

– É a segunda vez que você me faz passar por aqui – diz Orion. – É um verdadeiro labirinto, concordo, mas começo a me cansar.

– Tudo bem. O que você quer ver?
– Onde você mora, por exemplo.
– Você quer ir na minha cabana? Quer dizer... na minha casa?

Orion concorda.

Paro para pensar. Não tenho intenção alguma de mostrar minha casa a ele. Para que conte a todos os seus amigos que durmo num quarto mínimo, com meu irmãozinho, e que meus pais têm um quarto tão minúsculo, que suas cabeças e seus pés tocam as paredes quando dormem?

– Não, isso é impossível – digo.
– Então me mostre seu mercado. O lugar onde vocês compram comida. Deve haver um, não é?

O mercado. Por que não? A essa hora não é tão perigoso.

– Tudo bem. Siga-me...

Saio da parte residencial da zona molhada para me dirigir à zona comercial. Passamos em frente a diversas barracas, a maior parte fabricando móveis e roupas a partir de objetos reciclados, recuperados dos aterros sanitários da redoma ou das ruínas da velha Nova York. Orion presta atenção a tudo. Até posso dizer que está maravilhado frente a esse caos heterogêneo. Por fim, chegamos à praça do mercado: uma enorme plataforma flutuante, desprovida de habitações, onde se instalam os poucos comerciantes que têm alguma coisa para vender. Há galinhas, para os mais ricos, e, principalmente, a presença de vendedores de peixe e de algas secas.

– Pelas gotas de uma chuva ácida, isso fede – diz Orion, tapando o nariz.

Não consigo evitar o riso. Sua careta é cômica... Além disso, tenho certeza de que ele não está brincando, pois os peixes vendidos no mercado nem sempre são frescos. Se acrescentar a isso o fato de não haver gelo e que está fazendo trinta e cinco graus... Vou deixar que imagine o odor.

Ao me ver rindo, Orion também ri.

– Você fica menos fria quando ri, Isis Mukeba.

– Não tão Cinza? – digo.

– Só lembrando que hoje eu também sou Cinza.

– Apenas na superfície.

Continuo a descrever a pequena economia que se desenvolveu na favela. Ele faz muitas perguntas, e eu tento responder. Parece mesmo interessado. E é simpático com as pessoas com quem cruzamos. Sinto-me um pouco aliviada, reconheço. Estava com medo de que ele fizesse pose de estrela... Vamos, tenho que admitir, estou até me divertindo. Quando nos preparamos para ir em direção às residências, percebo um pequeno grupo de garotos nos observando de canto de olho.

– Quem são os garotos agachados perto do pontão? – pergunto a um antigo vendedor de algas que conheço.

– Não sei – ele responde. – Estão aí desde o início da tarde. Nunca tinha visto. Devem ter vindo de outra comunidade.

Pisco o olho, e ele sorri para mim com todos os seus dentes, enfim... os dois que lhe restam.

– Imagino que não há dentista por aqui – diz Orion, tentando brincar.

Só que não tenho coragem de rir. Por um lado, porque seu comentário tem um lado pedante que me irrita. Por outro, porque os garotos estranhos que percebi estavam vindo atrás de nós. O que eles querem? Será que reconheceram Orion?

– Anda – digo, sem responder à sua brincadeira podre.

Orion fica perturbado e me segue. Vou por alguns caminhos alternativos para despistar os invasores e aproveito para dar uma olhada no relógio. Droga! O tempo voa! Preciso me livrar de Orion o mais rápido... ou vou me atrasar.

Chegamos a uma pequena praça cercada de cabanas altas. Os mais ricos entre nós – ou os menos pobres, questão de ponto de vista – têm esse privilégio: eles têm casas com dois andares, fabricadas com pranchas de madeira de verdade. Quando estava prestes a entrar numa ruela flutuante, um homem grande e negro barrou o caminho. Eu o reconheço. Estava com os garotos estranhos ainda há pouco. Dou meia-volta para pegar outro caminho, mas péssima surpresa, estamos cercados.

– Olá, rapazes – digo. – Estão perdidos?

Um deles avança. É pequeno, feio como um piolho, e usa roupas que fedem quase tanto quanto as barracas de peixe.

– Parecemos perdidos?

– Vocês não são daqui. Então, não quero que tenham problemas.

O pequeno começa a rir.

– Nos deparamos com uma comediante, rapazes.

– O que vocês querem? – pergunto soltando faísca dos olhos.

– Não gostamos de quem aparece com Intocáveis... se é que você me entende.

Meu coração dispara. Como eles podem saber que Orion é um Intocável? Já começo a imaginar o problemão que vou ter se acontecer alguma coisa com ele...

– Eles são legais, os sapatos – diz o enorme homem negro olhando para Orion.

É isso, a ficha caiu! Eles não sabem quem é Orion. Eles notaram nossos uniformes. Ir à escola mista... é por isso que nos culpam.

– Dá teus sapatos a eles – digo a Orion quando vejo brilhar nas mãos do chefe a lâmina de uma faca.

Orion se aproxima de mim devagar.

– Eu já disse na sua frente que não gosto que me pressionem, eu acho...

– Quer bancar o esperto? – incentiva o chefe deles.

– Escute, ainda dá tempo de voltar atrás – eu tento. – Senão, eu posso garantir que meus amigos do bairro vão achar vocês e farão com que paguem caro por invadir a zona molhada...

– Dääää, tô morrendo de medo. Cala a boca, garota. Depois eu cuido de você, que é bem gostosinha.

Orion avança mais um passo. Mas o que ele está fazendo? Aqui não tem guarda-costas!

– Eu vou contar até três – diz o jovem Intocável. – Você sabe contar até três? Bem, só queria ter certeza. Só vou usar estes dois dedos – ele continua, mostrando o polegar e o indicador da mão direita. – Então, no três, vou lhe fazer tanto mal, que você vai chorar durante horas e se arrepender de ter cruzado nosso caminho. Tem certeza de que quer meus sapatos?

O bandido abre a boca como um cachorro prestes a morder. Mais um pouco, e estaria babando. Por mais fria que eu seja, não vejo como Orion pode sair dessa ileso.

– Um...

A tensão aumenta.

– Dois...

Um berro rasga o silêncio. O bandido deixa cair a faca e se contorce de dor. Atrás dele, seus comparsas hesitam. Não entendem o que acaba de acontecer e não querem ter a mesma sorte do chefe.

– Venha! – diz Orion, pegando minha mão e me levando para as ruelas flutuantes.

Corremos como loucos. Os bandidos não nos seguem.

Sem fôlego, eu paro perto de um pontão para me recuperar. Orion faz o mesmo. Ele está tão perto de mim, que quase nos tocamos. Um ligeiro mal-estar se instala. Se fosse com Flynn, ele teria me dado um tapa nas costas ou um tapinha na mão...

– Como você fez? – pergunto, tentando entender a confusão.

– Não sabia que eu sou mágico?

– Engraçadinho...

– Uma cápsula de autodefesa. Meu pai me proibiu de sair sem essa coisa. Sempre achei meio desproporcional, mas, como bom filho, deixo escondida no meu pingente.

Ele me mostra o pequeno objeto que utilizou. É uma bolinha de alguns milímetros de diâmetro.

– Basta pressionar entre o polegar e o indicador, e ela solta um gás neurotóxico muito poderoso.

– Dessa vez, Orion Parker, você se superou...

– Suficiente para você me mostrar sua casa?

– Vai sonhando...

Olho meu relógio de novo.

– É tão chato assim passar a tarde comigo? – pergunta Orion.

– Ah... não – balbucio. – É que... terça-feira eu faço uma coisa, e não devo me atrasar.

– Uma coisa?

– Sim. Uma coisa importante.

– Do tipo que não pode aparecer numa redação?

– Do tipo que jamais aparecerá numa redação, porque o autor da redação jamais saberá.

– Acabo de salvar a sua vida, ou quase... – diz Orion.

– Acho que eles não queriam a minha vida – respondo.

– É verdade. Mas vejo por que eles se interessaram por você – ele diz, sem esforço.

É como se seus olhos azuis estivessem conectados aos meus. Desta vez, não desvio o olhar. As palavras saem da minha boca sem que eu perceba:

– Jura que não vai contar a ninguém?

– Dou minha palavra.

9
ISIS

A pobreza é um veneno que impede que as flores desabrochem. Seu véu escuro cai sobre a esperança das pessoas e as priva de qualquer ambição de um futuro melhor. A pobreza é a cercania da morte.

Antes de subir no barco, me asseguro de que ninguém esteja olhando. Convido Orion a entrar.
— Você sabe que adoro esse lado misterioso... — ele diz. — A vida na redoma é bem menos excitante.
— Questão de ponto de vista — respondo, me afastando da zona molhada com grandes remadas.
— Posso ajudar?
Digo que sim com a cabeça.
— Cada um com um remo, iremos mais rápido.
No início, os movimentos são desordenados, e ficamos mudando de direção o tempo todo. Isso deveria me irritar — detesto quando Flynn faz assim —, mas não. Acho engraçado. Sabe-se lá por quê. Continuamos no zigue-zague durante um bom tempo, rindo como dois idiotas. Por fim, Orion consegue manter o ritmo comigo, e o barco penetra entre os prédios. Vejo que Orion está impressionado com a altura das torres que nos cercam.

– E pensar que antes todos esses arranha-céus estavam cheios de gente... – diz pensativo.

– Sim, mas já faz tempo que as coisas mudaram – respondo. Em 2080, por causa do aquecimento global, um pedaço de gelo do tamanho da Europa se separou do Polo Norte. À mercê das correntes, desceu para o Sul, em direção às águas mais quentes, e começou a derreter. Bilhões de litros de água. Os climatologistas previram um aumento constante do nível do mar de algumas dezenas de centímetros por ano; atingiu vinte metros em menos de seis meses. Milhões de pessoas se viram com os pés na água. Houve tumultos e guerras por causa dos migrantes que queriam um pouco de terra seca. Então veio a fome. Um bilhão de mortos. Epidemias se espalharam como nunca em séculos. Um segundo bilhão de terráqueos caídos por terra. Foi nesse momento que as nações se organizaram para inventar o sistema de redomas. Espaços protegidos das intempéries, das doenças e da fome; espaços reservados aos privilegiados. Os outros que se adaptassem.

Observo Orion. Ele parece perdido em seus pensamentos.

– Não esqueça de remar – digo. – Vamos nos atrasar...

Redobramos os esforços e, depois de me assegurar de novo que não estamos sendo seguidos, direciono o barco para um pontão escondido no interior de uma torre inundada. É um antigo prédio de escritórios, e ainda se pode ver as divisórias que separavam os funcionários. O ambiente é enorme e escuro.

– Quem é?

– Isis.

– Quem está com você?

– Um amigo. Tudo bem.

Um jovem aparece sobre um balcão. Sua cabeça quase toca o teto por causa da altura da água. Nas mãos, um fuzil. Vejo Orion ficar tenso.

— Relaxa, Orion, relaxa.
— Que lugar é este? — ele sussurra.
— Você vai ver... Após um percurso um tanto acrobático sobre uma série de vigas organizadas para criar uma passagem, chegamos a uma escada.
— Eles estão esperando por você — diz o homem armado.
— Quem é seu amigo?
— Não se preocupe... Eu respondo por ele.
O guarda concorda satisfeito, mas não tira os olhos de Orion. Subimos os dois andares que nos levam a uma imensa sala de aula.
Quando entro, faz-se silêncio. Vejo que Orion desperta olhares inquietantes para si. Na sala, há uma centena de crianças entre seis e quinze anos. Estão famintas, cobertas de cicatrizes, e têm expressões assustadoras. Há pequenos, grandes, fortes, mas nenhum gordo; restrições alimentares forçadas. Todas as cores de pele se misturam ali. A única constante: estão todos armados. Um tipo gigantesco se afasta do grupo e me cumprimenta se inclinando e beijando minha mão.
— Não se faça de besta, Hasard — digo. — Este é Orion. Ele veio assistir à reunião.
— Os amigos dos meus amigos são meus amigos — diz Hasard, estendendo a mão a Orion.
Meu coração para. Quase tinha me esquecido que Orion era um Intocável. Espero que ele aceite a mão estendida. Gostaria de saber como Hasard reagiria a tal desrespeito. Felizmente, Orion aperta a mão de Hasard.
Hasard levanta o indicador apontando para o teto, e todas as crianças se sentam em silêncio.
Indico a Orion que faça o mesmo e me coloco no centro de um estrado.

– Hoje, eu começo com um pouco de história. Vamos falar sobre a Segunda Guerra Mundial.
Vejo Orion arregalar seus grandes olhos, mas não me deixo distrair. Tenho uma aula a dar. Durante cerca de uma hora exponho fatos históricos, depois as crianças fazem perguntas e eu as respondo. Elas são disciplinadas, atentas e muito interessadas. Orion está boquiaberto.
Ao fim da aula, as crianças se dispersam em todas as direções. Recebo dezenas de agradecimentos e finalmente fico sozinha com Orion e Hasard.
– Impressionante – se limita a dizer Orion.
– Também achei – concorda Hasard.
– Quem são essas crianças? – pergunta Orion.
– São crianças abandonadas – digo. – Seus pais estão mortos, muito doentes ou pobres demais para criá-las.
– Ou drogados demais com alga verde – completa Hasard.
– Você é o chefe delas?
– Sim, pode-se dizer que sim. Mas tudo é democrático aqui – diz Hasard. – Isis nos explicou a importância de colocar em prática esse sistema. Todo ano votamos para eleger nosso chefe.
– E elas escolheram você.
– Por acaso – ele diz sorrindo.
– De onde vem esse nome?
– Hasard? Fui achado numa lata de lixo quando tinha mais ou menos um mês. O cara que procurava comida não teve coragem de me deixar apodrecer lá, então me acolheu. Ele morreu dois anos depois de gripe suína. Maldita essa coisa. Então, aos dois anos, me vi sozinho de novo. Na favela vivia um homem que me salvou, mas não tinha intenção de me adotar. Eu deveria ter ficado lá. Mas um garoto de seis anos decidiu que eu devia viver. Dividiu comigo a

pouca comida que encontrava aqui e ali e cuidou de mim até meus dez anos.

– E esse garoto heroico está aqui com você?

– Morreu, também, alguns anos depois – diz Hasard sem emoção na voz. – Um cara de quem ele estava tentando roubar um peixe o matou. Um único golpe com uma barra de ferro. Entendi naquele dia que tinha que ser mais rápido, ou mais esperto, se quisesse sobreviver. Eu quase morri. Uma criança tão pequena, sozinha nas ruas, é complicado. As pessoas já mal conseguem alimentar seus filhos, imagina um órfão como eu... Elas apenas fingiam que não me viam. A cada dia, eu emagrecia mais.

– Mas é uma história que tem um bom final... – arrisca Orion.

– Então, quando eu não tinha mais forças, entendi que ninguém estenderia a mão para mim. Roubei um barco e fui me perder no labirinto das torres inundadas. Era uma morte mais atraente do que secar num beco escuro. Acabei parando num edifício para dormir. Um antigo hotel. Procurei por comida, mas outros já tinham passado antes de mim. Por fim, desesperado, me joguei na água para ver se restava alguma sobra no fundo. Tive sorte. Me deparei com a reserva de alimentos do hotel, a seis metros de profundidade. Centenas de latas de conserva... *Hasard,* o acaso, em francês.

– Um verdadeiro milagre – diz Orion, cativado pela história.

– Como queira. Achei que se eu tive uma sorte dessas devia ser por uma boa razão. Então, desde que cresci o suficiente, recolho todas as crianças perdidas. Estendo a mão a elas, como fizeram meus dois salvadores.

– E Isis nisso tudo?

Hasard sorri.

– Isis? É nosso amuleto da sorte. Um dia, ela estava bisbilhotando por aqui e nos encontrou. Conversamos muito

tempo, e ela me fez entender a importância de educar minhas crianças perdidas. No início, não estava muito convencido, mas, agora, estou.
– Temos que voltar – digo a Orion.

Então, nos despedimos de Hasard e voltamos ao nosso barco. A primeira parte do trajeto foi feita em silêncio. Por que será que Orion não fala nada? Mas eu também fico quieta. Amo o silêncio... Ele deixa a mente tomar caminhos inesperados.
– É inacreditável isso que você faz – ele diz, finalmente.
– É inacreditável e magnífico.

Dou de ombros.
– Sempre achei que se cada um trabalhasse duro poderíamos achar soluções para muitos problemas. Viver aqui me ensinou uma coisa, Orion, que nada é impossível. Tudo é difícil, mas nada é impossível. Basta ver como Hasard sobreviveu.
– E o que você acha que falta para que as coisas melhorem?

Penso um pouco.
– Com relação ao clima, acho que estamos ferrados. Demoramos demais, e agora o planeta está doente. Mas quanto às outras coisas, há muito a fazer... Por exemplo, o problema da comida...
– O NEP faz distribuições regulares – diz Orion.

Dou um sorriso meio torto.
– Sim. Um grão de areia no deserto... O problema é que as pessoas confiam nessas distribuições em vez de tentar se sustentar.
– Mas as terras são inundadas pelas chuvas ácidas! Só é possível cultivar sob as redomas.
– Eu posso cultivar vegetais. Basta proteger as plantações das chuvas ácidas e dar a elas um pouco de fertilizante.
– E aonde você acha fertilizante?
– Aquaponia.

– Aqua o quê?
Explico o conceito. Vejo que ele está duvidando.
– Muito bem, senhor sabe-tudo. Vou provar a você que funciona! – Faço uma mudança de direção.
Sem parar de remar, me pergunto o que Flynn pensaria sobre o que estou prestes a fazer. Levar um Intocável ao nosso reduto, nosso jardim secreto. Vou precisar me policiar para que ele nunca descubra...
Os olhos de Orion saltam quando descobre nossos vegetais. Ele fica muito tempo em frente ao aquário observando nossos dutos de recuperação, como se ali houvesse alguma mágica escondida. Ele toca as abobrinhas com a ponta dos dedos e balança a cabeça. Anda um pouco mais e se aproxima da segunda horta, na qual tenho muitas esperanças.
– Não tem aquaponia aqui? – pergunta, se debruçando sobre os leguminhos atrofiados.
– Não, é outro procedimento. Nos anos dois mil e pouco, um cara chamado Pascal Noot apareceu com uma teoria de que as plantas são capazes de se adaptar naturalmente. Então as deixamos se desenvolver quase sem água ou manutenção. Deixamos até as ervas daninhas crescerem ao seu redor.
– Mas isso vai contra todos os princípios de produtividade! – diz Orion.
– No primeiro ano, a planta mal sobrevive. E produz frutos minúsculos. A gente recolhe as sementes. No segundo ano, os tomates são um pouco menos raquíticos. Estou na quarta geração. Os tomates triplicaram de tamanho. Acho que daqui a três ou quatro anos terei mudas que darão legumes consumíveis, quase sem rega e manutenção. A planta se adapta aos poucos ao seu ambiente. É preciso ter paciência, evitar que as chuvas ácidas as contaminem e confiar na natureza.

– E essa coisa do Pascal, por que seu método não foi desenvolvido?

– As grandes empresas agrícolas da época fizeram de tudo para que não fosse em frente. Elas o processaram e ele acabou arruinado. Consegue imaginar uma agricultura sem pesticidas, nem fertilizantes? Seria o fim dos negócios! Eles ganharam e o planeta perdeu.

Orion não pode negar. Basta olhar o céu acinzentado para ficar convencido. Durante o trajeto de volta, vejo que ele ainda está perdido em seus pensamentos. Isso me permite observá-lo. Quanto mais tempo passo com ele, menos o acho antipático. O cinza lhe cai bem. Ele faz parte daquele grupo de pessoas em que o fogo interior é suficiente para apagar as pequenas imperfeições.

– E que outra sugestão você teria para evitar que a fome provoque revolta nas pessoas? – ele pergunta depois de um tempo.

Suspiro.

– O problema número um é o trabalho – digo, pensando no meu pai. – Muitas pessoas só querem sair dessa situação. Porém, cada vez mais os robôs substituem os homens. Porque são mais produtivos, parece. Essa falta de trabalho sufoca as famílias. Nesse ritmo, vocês terão uma revolta nas mãos logo, logo. A menos que comecem a enviar dez vezes mais pessoas para New Earth a cada semana...

Orion não responde. Parece estar pensando.

Nossa jornada chega ao fim. Quando penso que amanhã estaremos em nossas mesas, ele de um lado e eu de outro, separados por uma linha invisível, porém bem real, sinto um aperto no coração. Será que ele pensa da mesma forma? Acho que Van Duick foi muito cruel em permitir que nos misturássemos por algumas horas para nos separarmos em seguida.

Depois de desembarcarmos, acompanho Orion até a redoma. Não falamos. Esse longo silêncio pode ser desconfortável, mas me sinto bem ao seu lado. O momento da despedida chega. Desta vez, realmente ficamos constrangidos. Pelo menos eu. Não se pode apertar as mãos, muito menos dar um beijinho.

– Adeus – digo.

– Obrigado – ele responde. – Obrigado por tudo. Adoraria poder passar mais tempo com você...

Nossos olhos estão conectados de novo. Acabo me virando, mas sinto que ele continua a olhar para mim...

O caminho de volta até minha casa parece bem mais longo. O cinza que envolve a zona molhada não está mais escuro?

10

ORION
O DIA SEGUINTE

— Então, como foi sua tarde com a senhorita "tenho sempre boas notas"? – perguntou Miranda entrando no carro.

– E a sua? – perguntou Orion.

– Você não sabe como me diverti. Foi muito engraçado. Por um tempo fui simpática para deixar Flynn confiante. Se você visse como ele babou diante de tudo o que viu! Achei até que iria desmaiar quando descobriu nossa floresta. Convidei ele para minha casa e emprestei o calção de banho do meu irmãozinho. Tipo, dois tamanhos menor do que ele. E então chamei para a piscina. Convidei Tran, Sam e Alice. Quando ele tirou a toalha, a gente riu muito por mais de vinte minutos. Aqui, olha.

Miranda ativou seu tablet e mostrou a foto de Flynn apertado no ridículo calção de banho.

– Setecentos *likes* numa noite. Acho que é meu recorde! Forte, né?

– Sim, impressionante – Orion se contentou em responder.

Ele passara uma noite muito ruim, dividido entre a mudança de cenário que sua tarde com Isis havia proporcionado e o difícil retorno à realidade. Aquilo não aconteceria mais. Tinha sido um parêntesis em sua vida monótona, um simples desvio de direção que não mudaria em nada o futuro traçado para ele por seus pais, antes mesmo de seu nascimento. Dirigir as empresas Parker parecia um pouco como se sentar em um trono. Um fardo passado de pai para filho, e ai do herdeiro que não fosse capaz de dar frutos. Desde criança Orion estava sendo treinado para se tornar um executivo da empresa. Além da escola, recebia dez horas semanais de aulas particulares: direito corporativo, gestão de conflitos internacionais, capacidade de liderar um debate... Não era o tipo de coisas com as quais sonha um adolescente de quinze anos.

    Seus pensamentos voltaram para Isis. Tinha que reconhecer que ela era absolutamente incrível. Olhos verdes que fariam um santo pecar, uma figura perfeita, aquela combinação de exotismo herdado de seus ancestrais e uma delicadeza muito ocidental. Uma mistura perfeita! É claro que ele já tinha notado Isis. Difícil ignorar um dos raros alunos que conseguia superá-lo regularmente. Mas ele nunca a tinha visto como alguém além de um Cinza determinado a sair daquela situação e que se esforçava por cada meio ponto ao seu alcance. Mas a Isis que ele vislumbrara na porta da escola, sentada à sua frente, era uma Isis diferente. Mais frágil, até mais humana. E a tarde que passara com ela tinha apenas confirmado essa impressão. Não, ela cresceu. Sua personalidade não convencional superava até mesmo seu físico...

    A exata antítese de Miranda, que continuava a tagarelar sobre as maldades que havia feito com Flynn, sobre sua cara de cão sem dono depois da humilhação, sobre o tempo que ela passara desinfetando tudo depois que ele saíra de sua casa... Miranda merecia seu título de Intocável. Nada poderia tocá-la nem alcançar seu coração. Será que tinha um? Difícil dizer, já que a barreira erguida por sua estupidez e sua pretensão a impediam de ver qualquer coisa.

– Ei, você está me ouvindo? – ela perguntou.
– Sim, sim – Orion respondeu meio atrasado. – Você dizia que sua mãe não gostou.
– Sim, é o mínimo que se pode dizer. Ela ligou para a escola assim que Flynn saiu.

Uma pedra quebrou o entusiasmo de Miranda. Acabara de atingir os vidros do carro.

– O que tá acontecendo, Oskar? – ela rosnou. – Estamos sendo atacados?
– Sim, senhorita, mas não se preocupe, este carro aguenta coisas muito piores.
– Mas por que estão jogando pedras em nós?
– Não precisa ficar nervosa, senhorita. São crianças bobas, nada mais.
– Temos que chamar os PMs para prenderem essas "crianças", como você as chama!
– Já estão longe, não vale a pena.
– Orion? – chamou Miranda, esperando apoio do amigo. Mas Orion não estava olhando para ela.
– Também, que ideia construir a escola na favela – acrescentou Miranda. – Teria sido muito mais simples se ela estivesse sob a redoma.
– É uma questão de princípio, Miranda – disse Orion, com o olhar perdido pelas ruas que passavam. – É para mostrar aos habitantes dos bairros pobres que podemos viver juntos e que seus filhos têm seu lugar entre nós.
– Arf! Uma bobagem total, se quer minha opinião.
– Você sabia que, se quisessem, os Cinzas poderiam invadir e destruir nosso mundinho perfeito? – questionou Orion.

– O quê? Você está delirando. Nossos robôs os deixariam em pedaços!

– Os primeiros, sim. Mas eles são cem vezes mais numerosos que nós, Miranda. Você percebe? A única coisa que permite que nossa redoma ainda esteja de pé é que eles não estão desesperados a ponto de nos atacar. E você sabe por quê?

Miranda deu de ombros. Não estava gostando do caminho daquela conversa. Orion continuou:

– Porque damos a eles pequenos pedaços de esperança... Esperança de conseguir um pouco de comida, esperança de integrar a escola mista e, principalmente, esperança de partir para New Earth... Mas tenho a impressão de que lá fora, nas ruas, a revolta está crescendo...

– Você está estranho, Orion. O que aconteceu? Parece até que você dá razão a eles...

A última observação de Miranda bateu forte. Ela tinha descoberto. Se contasse ao seu pai, ele passaria maus bocados. Tinha que manter a linha.

– Falemos de outra coisa – disse Orion. – Você queria saber como foi minha tarde ontem...

– Estou morrendo de inveja.

– Que pena, mas não vou surpreender você, minha querida. Os Cinzas atenderam às minhas expectativas. A maior parte é analfabeta e mal consegue conectar três palavras. Mas o pior, Miranda, o pior é o cheiro deles... Pestilento. Quando se anda pelas favelas tem-se a impressão de estar com o nariz sobre bosta de cachorro. Excrementos que não se acha na casa deles porque os comem.

– Excrementos?

– Não, os cachorros.

– Eles comem os cachorros?

– Sim, comem qualquer coisa que passe pela frente. Até os ratos.
– Ah, que horror! E Mukeba, como ela é?
– Isis?
Orion procurou as palavras. Era muito mais difícil falar mal de Isis do que repetir os clichês que tinha escutado mil vezes sobre as favelas.
– Ela é... sem graça – mentiu Orion. – Triste, sem interesses, tão cinza como o céu sob o qual vive. Seu único objetivo na vida é se dar bem na escola para se tornar uma de nossas empregadas.
– Patético... – disse Miranda, parecendo feliz. – De qualquer forma, teria ficado surpresa se fosse o contrário.

11

ISIS

Quando me sento no meu lugar, não consigo evitar olhar para Orion. Ele sorri para mim. Um sorriso simples, que vale uma semana de comida... Flynn cutuca as minhas costas.

– Ei! Tá maluco? – sussurro.
– Não tem mais senso de humor? – Flynn pergunta.

Senso de humor, senso de humor... Ele tem até os ossos. Ainda vou acabar me dando mal.

– Estou sonhando, ou você sorriu para aquele cara? – ele continua.

Antes que eu não responda, a porta se abre. Levantamos em silêncio esperando autorização para nos sentar. Para surpresa geral, não é Van Duick, mas o diretor da escola em pessoa.

– Bom dia, podem se sentar. Hoje sou eu quem dará aula, e assim será até o retorno da senhora Glayer. O senhor Van Duick foi demitido. Ele não faz mais parte do Ministério da Educação. Seus conceitos pedagógicos não se adaptam à nossa escola nem a qualquer outra.

Uma mão tímida se levanta.

– E nossas redações sobre o TP social?

– Isso é passado. Podem apagar de seus tablets. Em nome da escola, apresento minhas desculpas a todos os alunos que podem ter ficado chocados com esse TP social. Seus pais também receberam esta manhã um e-mail oficial de desculpas. Assim, considero este assunto encerrado... Desabo em minha cadeira. Van Duick, demitido? O telefone do diretor não parou de tocar o dia todo quando os Cinzas desembarcaram sob a redoma... Eu me pergunto se Van Duick sabia o que estava fazendo. Estou um pouco triste por ele. Pela primeira vez nos foi proposto algo fora do comum. A aula se arrasta na velocidade de um coral crescendo. A voz do diretor é tão monótona, que parece ter apenas três palavras no seu vocabulário e que ficam se repetindo. Não consigo me concentrar. Depois de duas horas intermináveis, por fim o momento da refeição.

Se eu tivesse coragem, pegaria minha bandeja e me sentaria ao lado de Orion. Vou lavar as mãos e aproveito para ir ao banheiro. Os da escola são muito mais limpos do que os banheiros públicos de nossa favela. Não contei que não tem banheiro em nossa cabana? Bem, então, está dito. Entende agora por que eu não queria que Orion colocasse os pés na minha casa? Imagina se ele tivesse vontade de ir ao banheiro...

Estou prestes a apertar o botão para liberar as bactérias de limpeza, quando ouço a voz de Miranda.

Ela conta com satisfação o que fez com Flynn. Hesito um instante em abrir a porta, agarrá-la pelo seu coque ridículo e convidá-la a degustar algumas bactérias dentro do vaso sanitário. Sei que seria muito ruim para o meu futuro, mas estou a dois passos de fazê-lo. Prendo a respiração diversas vezes para me acalmar e mudo minha estratégia. Decido que hoje ela vai escapar do vaso sanitário, mas não de um comentário sarcástico que guardo em segredo... Então ouço ela dizer o nome de Orion.

– Durante todo o trajeto, hoje de manhã, conversamos muito – ela conta às suas amigas.

– O que ele disse?

– Que os Cinzas fedem a morte e que comem cães!

– Não? E você acredita que isso é verdade?

– Claro que sim. Orion Parker nunca mente.

– Que amor. Eu aproveitaria bem minhas quatro horas com ele – diz então Kim, a melhor amiga de Miranda, que reconheço a voz.

Mesma conta bancária, mesma atitude desdenhosa. Mais maquiagem do que cérebro. Elas bem poderiam ser irmãs, mesmo Kim sendo tão morena quanto Miranda é loura.

– Nem vem – diz Miranda. – Orion Parker é meu. Você não acha que vou deixá-lo escapar, agora, que venho sozinha com ele todas as manhãs?

– E se ele for fisgado por outra garota que não eu. Pele morena e olhos verdes?

– Isis Mukeba? Orion Parker com uma Cinza? Você está louca, queridinha.

– Ela é bem interessante.

De repente, Kim sobe um pouco no meu conceito.

– Interessante? Vulgar, isso sim. Orion me disse que é tão monótona quanto o céu poluído e que seu único objetivo é terminar a escola para se tornar uma de nossas empregadas. E, acredite, quando me disse isso, não parecia nem um pouco seduzido pelos seios grandes e o uniforme remendado dela...

Ouço cada palavra como um boxeador acuado nas cordas. Direto, gancho, direita. Estou nocauteada.

As duas garotas saem rindo, enquanto eu me esforço para digerir o veneno de suas palavras. O que Miranda e suas amigas pensam de mim, na verdade, não me afeta. Com o tempo, a gente se habitua a enfrentar o desprezo e o estigma. É mais ou menos como uma picada de mosquito, coça muito no início, mas depois a gente esquece...

Mas com Orion é outra história... Estava começando a acreditar que ele era diferente. Ele zombou de mim. Ele não é melhor do que essa perua idiota da Miranda! Foi apenas um pouco mais sutil na sua forma de me humilhar, só isso. E pensar que o levei comigo para ver as crianças perdidas e minha fazenda...

12

ISIS

Meus pais são corajosos, não desistem, e estão sempre presentes na vida dos filhos. Exemplos contrários não faltam, por isso sou consciente da minha sorte...

DE VOLTA A CASA – SIM, EU SEI QUE É SÓ UMA CABANA, mas gosto de chamar de casa –, só quero uma coisa: que minha mãe me pegue em seus braços e me nine, como quando eu era pequena. Não sou muito carinhosa como filha, mas minha mãe tem um tipo de sexto sentido para essas coisas. Quando não estou bem, ela sabe e me abraça para me consolar.

O mínimo que posso dizer é que hoje eu preciso disso. Quando se vive na zona molhada, a gente se acostuma às notícias ruins e endurece para aguentar. E, no geral, eu vejo os problemas vindo ao longe. Mas não desta vez. Fui ingênua e me deixei levar pelas ilusões, como nos contos de fada infantis. E o resultado é que tenho a impressão de que entrei em um barco na velocidade máxima.

Abro a porta. Meus pais estão sentados frente a frente, e meu pai está bebendo cachaça de batata. Quando alguém começa a tomar esse tipo de bebida às quatro da tarde, alguma coisa aconteceu. Boa ou má? Vendo as lágrimas secas no rosto da minha mãe, e seus olhos vermelhos, opto pela segunda. Segundo barco à vista... Sinto que esse dia ocupará um lugar de destaque na minha lista pessoal de dias ruins. Quanto ao carinho, esquece, digo a mim mesma, me sentando ao lado da minha mãe. Olho para ela sem dizer nada.

– Estou grávida – ela diz, engolindo o soluço.

– Então vá ao médico. Ele vai lhe dar alguma coisa para isso – digo, pragmática.

– Tarde demais – ela suspira. – Passei do tempo. Não percebi. Comemos tão pouco, que não engordei um grama. Já estou com quatro meses...

Meu pai se serve de outro copo de álcool.

Será que ele me deixaria beber um também? Olho de novo para minha mãe. Só faltava essa! Grávida de quatro meses. Nas favelas, o número de filhos é limitado a dois, e não há exceções. Ela passou da data da pílula abortiva, então vai precisar de cirurgia. Só que não temos recursos, de jeito algum... Já ouvi falar de charlatões que fazem essas coisas, mas têm uma reputação terrível, e cruzar as portas de seus "consultórios" é como jogar roleta-russa...

– Coloquei nosso nome na caixa para o sorteio do NEP – diz meu pai. – Quem sabe, pela primeira vez, tenhamos sorte.

New Earth... Sim, seria uma solução. Lá não há restrição de nascimentos. A tendência seria o inverso. Suspiro. Temos o quê? Uma chance em dez mil de sermos sorteados? É o mesmo que nenhuma. Meu pai faz planos.

– Vou dar uma volta – digo, mas ninguém me escuta.

Preciso falar. Mas não com Flynn. Principalmente não com Flynn. Ele não vai entender. Sigo para um canto isolado da favela. Minha mãe tem horror que eu vá ali, mas não ligo. Se há uma coisa que não podem tirar de nós na zona molhada é nossa liberdade. Paro na frente da cabana de Karina. É a decana da favela. Uma velha bruxa, dizem alguns.

– Entre, Isis, entre.

Não sei como ela faz, mas sempre sabe quem está na porta antes mesmo de ser aberta. Entro e me sento à sua frente. Em todas as minhas visitas, ela está sempre do mesmo jeito, sentada no mesmo chão, pernas cruzadas. Parece que não se levanta nunca para comer ou ir ao banheiro. Pela primeira vez, depois de um bom tempo, um sorriso se desenha nos meus lábios, imaginando Karina no trono.

– Não se zomba das senhoras idosas – ela me repreende baixinho.

Como poderia saber que eu estava pensando nela?

– Principalmente quando se está triste.

Fiz bem em ter vindo. Karina tem um verdadeiro dom. Pergunto-me se todos os velhos têm. Pouquíssimas pessoas passam dos sessenta anos na zona molhada. A umidade constante, a desnutrição, as doenças... Adoraria ter conhecido meus avós, mas não tive essa chance. Ela é, de alguma forma, minha avó adotiva. Sou uma das raras adolescentes a ousar vir aqui. Os outros têm medo. Eu a observo.

Karina parece ter uns duzentos anos, com sua pele ressecada e inúmeras rugas. Os longos cabelos brancos trançados sobre os ombros. É tão pequena e encurvada, que parece estar dissolvendo sobre a terra... Mas quando a gente cruza com seu olhar, logo entende que não é nada disso. Seus olhos negros como a noite não perderam o brilho. Eles despem você com uma perspicácia rara.

– Então, querida, dia ruim?

– Pode-se dizer que sim – respondo.

E conto tudo a ela. Eu até admito minha decepção em relação a Orion e o ódio que de novo me inspira o jovem

Intocável. Depois conto sobre minha mãe, esperando que ela possa me aconselhar, mas Karina permanece em silêncio. Ela apenas me escuta balançando a cabeça. Será que está ficando senil?
– Surpreendente... – ela diz, lacônica.
– O quê? Que minha mãe esteja grávida de novo?
– Que você tenha se enganado.
Franzo a testa. Dialogar com Karina às vezes é como andar na corda bamba. É preciso seguir o fio...
– Sobre Orion?
Karina acena com a cabeça.
– Você sempre soube julgar as pessoas.
– Não desta vez.
– O que seu coração diz?
– Você não escutou nada do que eu disse? Todas as coisas que ele falou para aquela pestinha da Miranda?
– É você que não está escutando, Isis Mukeba. Não se faça de ingênua.
Karina, muitas vezes, me coloca em meu lugar. Mas ela sabe que a amo. E eu sei que ela me ama. E ela sabe que eu sei. Então, mesmo quando me diz verdades que não quero escutar, há sempre carinho entre nós.
Abstenho-me de dizer o que estou pensando. Respeito pelos mais velhos é importante... E suas palavras levam tempo para entrar na minha mente. O que diz meu coração? Meu coração está sangrando, Karina! Sangra porque durante algumas horas tive a fraqueza de acreditar que Orion pudesse estar interessado em mim, uma Cinza entre milhares... E ele me machucou! Humilhou!
"Você ouviu essas palavras saindo da boca de Orion?", me sussurra uma vozinha. Olho para Karina. Ela não falou nada. Está de olhos fechados. Será que é telepata? Sacudo a

cabeça afastando essa ideia idiota. Mas a questão permanece: Orion realmente disse aquilo? E se disse, achava? Aquela nojenta da Miranda poderia ter inventado? Não, ela é muito burra para isso.

– Você acha que eu tenho seios grandes? – pergunto sem pensar.

Karina começa a rir. É estranho ver uma pessoa tão velha rindo. Parece que vai sufocar.

– Seus seios são perfeitos, minha querida Isis. Já se perguntou se a víbora pérfida que soltou seu veneno não estava simplesmente com ciúme?

Miranda, com ciúme? Uma Intocável rica, bonita, com ciúme de mim? Com seus cabelos louros, sua pele perfeita e seus olhos azuis? Ela poderia estar com ciúme? Talvez. Mas isso não muda em nada minhas questões com relação a Orion. E isso não resolve as preocupações de minha mãe...

– As soluções se apresentam sozinhas às pessoas que merecem – decreta Karina com um tom solene, antes de começar a cantar uma oração em uma língua que nunca entendi.

Eu a conheço bem. Ela não vai falar mais nada. Dou um beijo em seu rosto e saio da cabana com mais perguntas do que quando entrei. As ideias se atropelam num desfile incessante, misturando Orion, Miranda, minha mãe...

"As soluções se apresentam sozinhas às pessoas que merecem." Foi o que Karina sussurrou...

Só que não tenho certeza se mereço alguma coisa...

13
ISIS

Eu raramente fico triste. Já disse que prefiro a cor ao cinza, e essa ideia se aplica aos sentimentos. A tristeza mancha as coisas, as deixa insípidas, sem sabor. Não ficaria surpresa de saber que a tristeza é casada com a fumaça que escurece o nosso céu.

Preciso falar com Orion. Essa ideia fixa não me deixou a noite toda. Após os primeiros minutos de aula, espero o momento em que seja possível. Estou furiosa. Esse é o paradoxo da nossa escola. Estudamos o dia todo a alguns metros dos Intocáveis, mas os períodos perto deles podem ser contados nos dedos de uma mão. Como se cada clã vivesse recluso em si mesmo, protegido por uma bolha invisível. Não é à toa que são chamados de Intocáveis.

O dia termina sem que se apresente nenhuma chance.

Então chega a última aula. "Travessia de água em equilíbrio horizontal por imersão prolongada da cabeça em um ambiente aquático profundo padronizado." Em suma, quer dizer nadar em uma piscina. Nunca entendi bem por que o nome da aula de educação física é tão complicado. Parece que é um antigo hábito que remonta ao século passado...

Consigo me colocar na raia ao lado da que Orion nada. Não na mesma, né, que as coisas fiquem bem claras. O professor jamais autorizaria tal proximidade. Imagina se a gente se toca... Quando ele mergulha, eu mergulho e tento manter o seu ritmo. É difícil. Orion nada muito mais rápido do que eu. Mas não desisto. Estou a menos de um metro atrás. Ele deve ter percebido, porque diminuiu. Nossos olhares se cruzam.

– Precisamos conversar – digo entre dois movimentos de crawl.

– Sobre o quê?

– Parece que sou monótona, desinteressante.

Tomo fôlego e continuo.

– Parece também que meu sonho é me tornar sua empregada doméstica.

Chegamos à borda da piscina. No momento de tomar impulso para fazer a volta, nossos olhares se cruzam de novo. E leio em seus olhos que ele realmente tinha dito aquelas coisas.

– Você zombou de mim! – digo, antes de me lançar no mais longo mergulho de minha vida.

Nem mesmo sei se quero subir. Por reflexo, tomo ar e bato na água com uma fúria imaginando que cada braçada é um soco que dou em Orion. Deixo meu corpo extravasar a raiva dentro da piscina. Algumas lágrimas escapam. Felizmente, ninguém pode vê-las. Ao fim de três idas e vindas nesse ritmo, estou exausta. Saio da água.

– A aula não acabou, Isis – diz o professor.

– Hoje não estou em forma, desculpe.

O professor me conhece. Sou Isis, a guerreira, a aluna que nunca desiste de nada. Ele acredita em mim.

– Pode ir se trocar. Espero que se recupere logo.

Enquanto saio da área da piscina, ouço barulho de passos atrás de mim. Orion Parker também saiu da água.

Espere, Isis – ele diz alto o suficiente para despertar muitos olhares questionadores.

Penso em me virar, mas sigo meu caminho. Para quê? Para dar a ele o prazer de me ver neste estado, com os olhos vermelhos e expressão de derrotada?

– Não é o que você está pensando... – ouço, antes de entrar no vestiário.

Da borda da piscina, Miranda não perdeu nenhum detalhe dessa briga surpreendente.

No fundo de seus olhos, se desenha o início de uma tempestade...

14

MIRANDA

Irina Bergson é uma dessas mulheres que cultivam sua beleza como se dá polimento a uma pedra preciosa. Ela tinha consciência de que era seu maior patrimônio e o usava com perfeição para alcançar a posição que agora tinha na sociedade. Nenhum detalhe estético lhe escapava. Então, quando sua empregada deixou escorrer esmalte em sua pele, ela começou a perder a paciência.

– Presta atenção, Laetitia! Por que pago tanto a você? Sabia que existem milhares iguais do outro lado da redoma que adorariam estar no seu lugar?

– Sim, madame. Peço desculpas. Não vai acontecer de novo.

O rosto de Irina relaxou quando viu chegar sua filha, Miranda. Os mesmos olhos azuis, mesmo porte altivo. Irina estava orgulhosa da filha. "Falta a ela um pouco de seios", pensou. "Uma pequena cirurgia, e ficará perfeita."

– Como foi seu dia, minha querida?

– Muito bom, mãe. Nadei quase dois quilômetros.

Irina fez os cálculos. Ela nunca contava em quilômetros, mas em calorias. Manter a forma era uma de suas prioridades, e dedicava a isso a maior parte de seu tempo com a ajuda de um *personal trainer* e um nutricionista, é claro.

— Excelente, querida, excelente.

— Mãe, o trabalho do papai é supervisionar a organização do sorteio semanal do NEP, não é?

— De fato, é uma de suas inúmeras tarefas. Mas por que a pergunta?

— Poderíamos considerar oferecer uma passagem para alguém? — Miranda perguntou.

— Pelos deuses, não, querida. Isso vai contra todos os princípios que regulam esse sorteio. Cada miserável tem que ter a mesma oportunidade de fazer a viagem a bordo da nave-mundo.

Miranda fez beicinho, o que foi percebido pela mãe.

Irina observou as unhas com um ar de satisfação e dispensou a empregada. Quando teve certeza de que a porta estava fechada, se virou para a filha e sussurrou:

— É claro que as regras não se aplicam a todo mundo... De que adiantaria ter o comando, se não houvesse uma pequena margem de manobra?... Quem você quer enviar para New Earth?

— Isis Mukeba.

— Aquela Cinza que tem sempre as melhores notas?

Irina se lembrou de ter percebido esse nome nos boletins anuais da escola. Ela não entendia como podiam aceitar que um Cinza superasse os Intocáveis. Detestava a política atual do governo. Tolerância demais em relação aos Cinzas, comprometimentos demais, favores demais para mantê-los quietos! Por ela, teria deixado que os mais exaltados atacassem as redomas e reprimiria a revolta com disparos a laser.

— E por que você quer se livrar dela?

— Não a suporto. A presença dela me irrita. Ela passa o tempo todo se gabando de seus resultados acadêmicos e seduzindo os garotos.

– Não os Intocáveis, não é?
– Ela jogou charme para Orion.
– Orion Parker?
– Sim, mamãe.
– Mas ela não tem a menor chance! Orion Parker com uma Cinza, só me faltava essa!
– Hoje à tarde Orion falou com ela.

Irina se levantou da poltrona e começou a andar pela sala. Fora de questão uma miserável Cinza se meter entre sua filha e Orion Parker. Já tivera trabalho suficiente para aproximar Miranda de Orion... O charme primitivo de uma Cinza podia, às vezes, virar a cabeça de um homem mais virtuoso. Não seria a primeira vez. Irina sabia que certos Intocáveis não hesitavam em se sujar com esses vermes em lugares pouco recomendáveis.

– Vou cuidar disso – disse Irina. – Essa sem-vergonha estará na próxima nave-mundo para New Earth. Dou minha palavra.

Miranda deu seu melhor sorriso para a mãe. Com seus cachos louros e olhos brilhantes, poderia até ser confundida com um anjo.

– Obrigada, mamãe. Obrigada, de coração! Não sei o que faria sem você.

15
ISIS

Amo a zona molhada. Esse conjunto heterogêneo de cabanas flutuantes, ligadas por dezenas de pontes precárias que não param de se mover, embaladas pelo ronronar do oceano. Amo suas irregularidades, suas imperfeições e sua capacidade de adaptação. A zona molhada não é apenas um bairro, nem uma mera floresta de edifícios sem alma. A zona molhada é um ser vivo que, em sua grande bondade, aceita nos abrigar.

— Ganhamos! Ganhamos!

Minha mãe pula como uma louca ao redor da minha cama. Abro os olhos com dificuldade e dou uma olhada no relógio.

– São seis da manhã, mãe!

Meu cérebro começa devagar. Nunca vi minha mãe nesse estado. Ganhamos? Ganhamos o quê? Então deu um estalo. O sorteio do NEP! Levanto-me depressa. Vejo que Zach também está acordado. Minha mãe o arranca da cama e o gira bem rápido. O bobinho ri e está prestes a arrancar nossas prateleiras da parede com seus pés.

– Você... você tem certeza? – pergunto.
– Recebemos um e-mail oficial do NEP há um minuto. Pena que seu pai não está em casa. Não consigo achá-lo. Tenho que contar a ele! Essa vida de miséria, esses dias imaginando como poderemos comer, está tudo acabado! Durante a viagem, tudo é cuidado pelo NEP. E depois... Depois, seremos como sua tia Lily, teremos nossa fazenda, nossos animais. Poderemos cultivar campos inteiros...

Penso em todo o esforço que eu e Flynn fizemos para conseguir alguns legumes. Lá, bastará plantar, regar e deixar o Sol fazer o restante do trabalho. Ontem, meus legumes conseguidos a duras penas foram uma bênção, hoje, não têm nenhum valor...

– Ah, Isis, é fantástico! Vou poder ficar com o bebê – diz minha mãe, botando Zach no chão e colocando as duas mãos na barriga.

– Maravilha, mamãe – digo, forçando um sorriso e abraçando-a.

Bem, sei o que está pensando. Você acha que eu também deveria estar pulando de alegria. Uma chance em dez mil. Inesperado. E mais, isso chega em um bom momento para minha família. Mas agora não tenho vontade de ficar alegre. Para dizer a verdade, nunca pensei na possibilidade de ganhar essa passagem para New Earth. Isso fazia parte das coisas que existem, mas que jamais teríamos: um carro, carne para o jantar... esse tipo de coisa. Mas agora que a notícia chegou, tenho a impressão de estar à beira de um precipício. Olho para baixo e, estranhamente, não vejo o chão, mas o espaço, com suas miríades de estrelas, suas incontáveis galáxias prontas a me engolir, a me levar ao nada. Fecho os olhos.

– E meus amigos? – pergunto reabrindo os olhos.

Minha mãe me olha como se eu tivesse uma doença mental.

– Seus amigos? Quer dizer, Flynn?

Engulo. Mas não posso tirar a razão de minha mãe. Além de Flynn, não tenho muitos – nenhum – amigos. Relacionamentos nunca foi meu forte. Sempre preferi confiar em minhas habilidades, e só nelas, para não depender de outros. Mas digo a mim mesma que não posso ficar sem Flynn. E meus pensamentos, sem que eu perceba, se voltam inevitavelmente para Orion. Droga, por que penso nele? Naquele traidor?

– Lamento, Isis, mas você fará outros, tenho certeza.

Minha mãe me responde. Ah, sim, ela fala de Flynn...

– Sabe, a minha vida, eu gosto dela – ouso revelar.

Minha mãe me abraça.

– Ela não era perfeita, é verdade – recomeço –, mas estava acostumada a recolher coisas da velha Nova York para negociar, imaginar novas soluções para cultivar meus legumes, me esforçar para me dar bem nos estudos...

– Eu sei, Isis, sei de tudo isso. Mas em New Earth todo mundo tem oportunidade! Não é necessário estudar longas horas... Você poderá ter sua própria fazenda...

Minha fazenda? Cultivar legumes para não morrer de fome é legal. Mas me tornar fazendeira? Olho para minha mãe como se ela fosse uma extraterrestre. Então digo a mim mesma que logo seremos todos. Isis Mukeba, extraterrestre... Não gosto disso nem um pouco. Gosto menos ainda do que me tornar fazendeira.

E então imagino a viagem. Seis anos. Seis anos enfurnados dentro de uma embarcação que parece um charuto. Interminável. Faço os cálculos. Quando chegarmos a New Earth terei quase vinte e um anos. Terei perdido os melhores anos da minha juventude dentro de um pedaço de metal lançado a 200 mil quilômetros/segundo, no vácuo interestelar...

16

ORION

ORION CHEGOU NA ESCOLA DECIDIDO A FALAR COM Isis. Não suportava a ideia de que ela o comparasse a Miranda ou aos outros Intocáveis que utilizaram o "TP social" para humilhar os Cinzas. Ele tinha ficado muito irritado consigo por ter feito um joguinho com aquela peste da Miranda. Naquela manhã, durante o trajeto, mal falara com ela. Se contentou a responder vagamente às perguntas com sim ou não, sem prosseguir a conversa. Estava focado, escolhendo as palavras que usaria para se desculpar com Isis. Conhecendo sua personalidade difícil, sabia que o jogo estava longe de terminar. Talvez fosse melhor desistir, ser coerente. De qualquer forma, a amizade entre eles não tinha futuro. Fosse um uniforme, os olhares dos outros, ou simplesmente a parede da redoma, sempre haveria alguma coisa para separá-los. Eles não faziam parte do mesmo mundo... No entanto, todo o seu ser se recusava a não mais discutir com ela, a não mais vê-la sorrir...

Na sala de aula, procurou seu olhar. Seus olhos encontraram apenas um lugar vazio. Ele foi até Flynn, cruzando a linha imaginária que separava os Cinzas dos Intocáveis.

– Sabe onde está Isis? – perguntou Orion.

Flynn olhou para Orion.

– Agora você fala comigo?

– Não estou procurando briga, Flynn.

– Vou ser franco, Parker. Nunca tive os Intocáveis no meu coração, mas de uns dias para cá me tornei alérgico. Então, volte para seu lugar antes que eu dê um soco em você.

Orion hesitou, mas sentiu que as coisas acabariam mal. Voltou para sua mesa e arrumou as coisas, sem tirar os olhos da porta. Talvez ela estivesse apenas atrasada?

A professora Glayer, de volta ao posto após diversos dias de ausência, pediu silêncio. O que rapidamente se fez.

– Então, gostaria de dar uma excelente notícia – ela começou. – Uma de nossas alunas teve a sorte de conseguir uma passagem para New Earth. Por essa razão não a veremos hoje. Estando a partida iminente, vocês podem imaginar quantas coisas ela tem para preparar. Estou falando de Isis Mukeba.

Murmúrios percorreram toda a sala. Do lado dos Cinzas, a surpresa se mesclava com uma ponta de inveja. Do lado dos Intocáveis, foram ouvidos comentários depreciativos.

A professora Glayer começou a aula. Orion já não escutava mais. Olhar perdido, aos poucos ele tomava consciência de que o que sentia por Isis era muito mais do que uma simples amizade. Que paradoxo! Podia ter qualquer coisa que quisesse com um simples estalar de dedos, porém a única coisa que desejava de verdade estava fora de seu alcance. Naquele momento, teria pagado caro para deixar de ser Orion Parker, herdeiro do império Parker. Ficaria satisfeito com um uniforme cinza e rações espartanas. Por quase uma hora tentou relembrar tudo o que seu pai lhe dissera sobre as naves-mundo, sobre a viagem e sobre aquele planeta para onde enviavam todos os colonos, o que significava uma considerável quantidade de informação, já que seu pai não falava de outra coisa...

Ao final da aula, se aproximou de novo de Flynn.

– Preciso falar com Isis antes que parta – disse sem rodeios.

– Você de novo? – disse Flynn. – O grande Orion Parker não consegue entender uma simples frase? Não tenho nada a ver com os Intocáveis. E se alguém tem alguma coisa a dizer a Isis, sou eu. Se quer tanto falar com ela, peça ao seu papai para levá-lo até a casa dela em seu lindo carro blindado... Mas presta bem atenção, não tenho certeza se seu carro boia.

Orion ficou em silêncio. Não tinha a menor intenção de discutir com Flynn, que tinha muitas razões para odiar os Intocáveis. "Obrigado, Miranda..." pensou o rapagão ao deixar a sala e se afastar. Tinha certeza de que iria direto para a casa de Isis.

17
ISIS

Adeus. Esse momento em que devemos deixar um ente querido para sempre não deveria existir. Isso envolve o luto de tantas coisas belas que estão por vir... Dizer adeus a alguém que amamos é uma pequena morte.

— Então, você vai partir? Eu me viro. A grande carcaça de Flynn aparece no telhado de nossa "fazenda".

– Quando seus pais me disseram que não sabiam onde você estava, suspeitei que a encontraria aqui. Tive que "emprestar" um barco de um pescador.

Flynn se aproxima de mim e vem se sentar na segunda espreguiçadeira. Durante muito tempo, ficamos contemplando o oceano agitado, uns trinta metros abaixo. Apesar do quebra-mar, as ondas vêm bater no prédio, explodindo um imenso borrifo de espuma contra a parede.

– Hoje tem vento – diz Flynn. Quase uma tempestade.

Não respondo. A tempestade já está aqui, na minha cabeça.

– Você não parece estar feliz em partir para New Earth. Tanta gente adoraria estar no seu lugar...

– Eu cederia meu lugar de bom grado – respondo.

— É uma sorte, Isis. Sua mãe me contou sobre o bebê.
— Sorte? Eu não pedi nada.
— Acha que estou gostando de ver você ir embora?

Olho bem para ele. Tem lágrimas nos olhos. É a primeira vez que o vejo assim. Pego sua mão.

— Se você soubesse o que eu daria para ficar aqui – murmuro.

O estrondo das ondas está cada vez mais ensurdecedor. Será que Flynn ouviu?

— Então, fique – ele diz.

Ele ouviu. Por um momento, pensei em sua proposta, então afastei a ideia.

— Não. Não posso fazer isso. Meus pais não suportariam.
— Fazemos as malas e fugimos para longe, agora...

Eu sorrio.

— Você é um anjo, Flynn. Mas isso não é possível.
— Não entendo você. Não quer ir. Então fica comigo. Farei você feliz, Isis.

Solto sua mão e mordo meus lábios. Como dizer a ele? Como dizer que ele jamais me fará feliz? Que, apesar de todos os seus esforços, de toda a sua boa vontade, sempre faltará alguma coisa...

— Não é possível, Flynn.
— Não é por causa dos seus pais. Não só... Estou enganado?

Não digo nada. É um silêncio significativo, que vale aprovação.

Flynn se levanta e chuta um balde com tanta força, que voa para longe e gira antes de ser tragado pelo mar revolto.

— Qual é o problema? Não sou bom o suficiente para você?
— Não diz isso, Flynn. Amo você... Você é como um irmão para mim.
— Um irmão? Mas eu não quero ser seu irmão, Isis. Eu te amo! Te amo como um louco, desde sempre.
— Para, Flynn.

– É ele, não é? Foi ele que virou sua cabeça? Com seu belo uniforme branco, seu carro grande e seus milhões?
– Para de bobagens. Essas coisas não se controlam, Flynn. Além do mais, isso não tem nada a ver com Orion.
– No dia do TP social, o que vocês fizeram?
– Mostrei a ele onde nós vivemos, nada demais...
– Você o trouxe aqui? – continua Flynn, sem me escutar.
– O que isso mudaria?
– Caramba! Que tsunami! Você trouxe aquele parasita sujo aqui! Sabe por que eles são tão ricos, Isis? Porque nos roubam tudo! Trabalho, comida, água potável... Eles têm tudo e nós não temos nada! Os Intocáveis são o câncer que devora nosso planeta! E você abriu as portas de nosso jardim secreto para ele...
– Você não pode colocar todos os Intocáveis no mesmo saco, Flynn! O sistema é que é podre. Orion não é como Miranda. Ele é uma boa pessoa, eu senti. Ele não escolheu nascer do lado bom da redoma, nem nós escolhemos nascer do lado ruim.
– Está ouvindo o que diz, Isis? Não reconheço mais você. Sabe o que ele fala sobre nós, o seu Orion? Diz que nós fedemos, que comemos os cachorros e que cada um é menos interessante do que o outro... incluindo você! O que você tá achando? Que ele vai desembarcar em seu helicóptero branco e levar você para a redoma? Para ele, você não passa de um brinquedo... enquanto eu, eu...
– Vou embora amanhã, Flynn.
– Que tenha uma boa viagem – ele diz, indo embora.
– Flynn, espera! Não vá embora assim! Esta pode ser a última vez que a gente se veja...

Mas Flynn já está nas escadas. Não olha para trás. O barulho das ondas cobre o dos seus passos. Nunca mais vou vê-lo.

Caio no chão de joelhos e me derramo em lágrimas. Isso não poderia acontecer assim. Não, não poderia.

18

ORION

Durante toda a noite, Orion pensou em como apresentar a questão ao seu pai. Arthur C. Parker não era um homem que se deixava influenciar, e seu filho sabia que só teria uma oportunidade. Se não achasse as palavras adequadas, não teria uma segunda chance. Antes de o pai sair para o escritório, ele arriscou.

– Pai, adoraria visitar as instalações do NEP.

Arthur Parker e sua esposa trocaram um olhar de surpresa.

– Que mosquito te picou, Orion? – perguntou a mãe. – Há anos você faz questão de não se interessar pelo trabalho de seu pai...

– Cresci, mãe, e adoraria conhecer melhor nossa sociedade, só isso.

A mãe de Orion abriu a boca para responder, mas seu marido a interrompeu.

– Deixe, Penélope. Estou feliz que Orion mostre interesse pelo NEP. Vou levá-lo para visitar as instalações este fim de semana, filho.

– E por que não agora? – tentou Orion.

– Mas hoje você tem escola – considerou a mãe.

– Acho que aprenderei muito mais ao lado do papai do que na escola – disse Orion, decidido a aproveitar a vantagem até o fim.

Um sorriso orgulhoso se formou no rosto do pai. "Bingo", pensou o jovem Intocável.

Apesar dos protestos veementes de Penélope Parker, pai e filho deixaram a casa juntos pela primeira vez em anos. Arthur Parker até cancelou todos seus compromissos do dia, de tão orgulhoso em poder, enfim, compartilhar o fruto de tantos anos de trabalho com seu herdeiro.

Os Parker embarcaram em um jato particular que pousou no México após uma hora de voo. Colocaram suas roupas de resfriamento para suportar os cinquenta e cinco graus do deserto. Com o aquecimento global, toda a América Central e parte da do Norte foram atingidas por uma seca impiedosa. Sob o solo árido, restaram apenas pedras e areia e alguns raros cactos moribundos, que se recusaram a ceder ao deserto, cercados por rachaduras de diversos centímetros de largura por todos os lados. Era aqui, nessa fornalha permanente, que Arthur Parker tinha decidido instalar suas fábricas de peças para as naves-mundo. O lugar era gigantesco. Estendia-se a perder de vista. Muitas dezenas de quilômetros quadrados, ele explicara com orgulho antes de descer do jato.

Todas as fábricas eram automatizadas. Nenhum humano trabalhava ali, exceto para algumas intervenções de reparos nas raríssimas avarias. Arthur Parker abriu as portas de uma das fábricas para Orion e deu a ele um vislumbre da coreografia mecânica incessante que acontecia todos os dias em seu interior. Em um enxame contínuo, centenas de robôs montavam as peças que avançavam numa enorme esteira rolante.

– Veja – disse o pai –, as peças passam de uma fábrica a outra sem deixar essa esteira gigante. Prático, não?

"Impressionante seria a palavra mais adequada", pensou Orion.

Mais impressionante ainda era o balé dos ônibus espaciais que decolavam em direção ao espaço. Pareciam abelhas saindo de uma colmeia. A cada vinte segundos, uma nave decolava, carregada com peças preciosas que permitiam a construção das naves-mundo nos canteiros espaciais. Ao mesmo tempo, ônibus espaciais vazios voltavam à base, prontos para receber uma nova carga.

Orion e seu pai embarcaram numa dessas naves e tomaram lugar na fila ininterrupta que se dirigia ao grande elevador.

– Você precisa ver esse elevador, Orion, é uma maravilha.

O jovem olhou pela escotilha. Uma imensa coluna azulada, cilíndrica, partia do chão e se perdia na névoa de poluição. Orion sabia que aquela coluna media mais de cem quilômetros de altura e permitia que as naves fossem ao espaço e voltassem à Terra sem sofrer os efeitos devastadores de uma entrada na atmosfera.

– É o avanço tecnológico mais incrível dos últimos cem anos! – exclamou seu pai. – Antes de desenvolver esse campo gravitacional, milhares de engenheiros enfrentaram um problema insolúvel. Romper a gravidade terrestre era caro demais em energia para empreender projetos como o da construção das naves-mundo. Durante muito tempo, imaginamos estruturas improváveis que permitiriam efetuar essa transição. E cem quilômetros de altura é algo vertiginoso. As estruturas imaginadas eram tão faraônicas, que poderiam desmoronar com o próprio peso. Mas um campo gravitacional não pesa nada. É muito caro em termos de energia, porém, indispensável ao bom funcionamento de nossos canteiros de obras espaciais.

O jovem identificou três centrais nucleares que alimentavam o campo gravitacional.

Quando a nave entrou no corredor cilíndrico, Orion ficou surpreso com o jogo de cores. Estavam cercados por um caleidoscópio de efeitos azuis e verdes, e não viam mais o mundo exterior.

– Sensação estranha, não é? – disse o pai.

Orion concordou. As primeiras horas da visita se revelaram muito mais interessantes do que ele imaginara. Com certeza, seu único objetivo real era descobrir o lugar onde Isis viveria pelos próximos seis anos, mas tinha que admitir que a extravagante fábrica de naves-mundo e o campo gravitacional valiam a pena ser vistos.

Após uma subida de uns trinta minutos, a pequena nave chegou ao espaço. Orion sentiu que saía da poltrona.

– Cinto de segurança obrigatório – disse o pai.

Orion prendeu o cinto e se deixou encantar pelo azul noturno do espaço, iluminado por centenas de bilhões de estrelas. Era magnífico. O jovem Intocável não conseguia tirar os olhos daquele espetáculo inebriante. Após longos minutos, seu pai o trouxe de volta à realidade com um tapinha no ombro. Tinham enfim chegado aos canteiros de obras espaciais.

– NM-523 – disse Arthur C. Parker, apontando para o enorme charuto voador. – É a próxima nave-mundo a partir. Como pode ver, as pessoas começam a embarcar, disse ele olhando a fila contínua de naves que entravam e saíam do saguão de embarque na parte traseira da embarcação.

– Parte quando?

– Amanhã à noite. E a seguinte sairá uma semana depois... Está logo atrás.

Orion assentiu. Então olhou com atenção a NM-523. A futura casa de Isis. Sentiu um aperto no coração. A estufa era gigantesca, e o verde da vegetação contrastava com a escuridão do espaço.

– Seria possível ir lá dentro? – perguntou Orion.

Arthur Parker consultou seu relógio.

– Não, acho complicado. Se quisermos voltar numa hora descente...

Orion escondeu sua decepção. O pai já tinha sido muito atencioso.

– Vamos dar meia-volta?
– Sim. Obrigado, pai – disse Orion, dando uma última olhada para a imensa embarcação.
Porém, subitamente, seu olhar congelou. Ele franziu a testa. Será que... Não era impossível. No casco da NM-523, um pequeno pedaço de pintura mais clara chamou sua atenção. A mancha tinha a forma de um O. Um O como em Orion...
– Pai – ele perguntou –, quanto tempo dura de modo exato a viagem até New Earth?
– Exatamente?
– Quero dizer, aproximadamente.
– Seis anos e dois meses, se me lembro bem.
– E é o mesmo tempo na volta?
Arthur Parker começou a rir.
– Sim, Orion. No espaço, não há nenhuma mudança climática. Viaja-se a certa velocidade e se percorre determinada distância, que não varia. Depois disso, a duração do voo é apenas uma questão matemática.

Para Orion, o trabalho matemático se resumia a uma simples adição. Seis anos e dois meses, mais seis anos e dois meses. Fácil. Teremos doze anos e quatro meses.

Se a viagem de ida e volta, Terra–New Earth, levava um pouco mais de doze anos, como poderia a primeira nave-mundo, que partira há apenas dez anos, já ter retornado?

Orion jurava que a mancha que tinha percebido na fuselagem do NM-523 era idêntica àquela que tinha sido causada por uma nave kamikaze na fuselagem da NM-001, na sua primeira e única visita aos canteiros de obras espaciais, no dia da primeira partida para New Earth.

"Não, você deve estar enganado", ele tentou se tranquilizar. Porém uma terrível dúvida começava a assombrá-lo. E se não estivesse enganado?

19
ORION

Desde o retorno para casa, Orion se fechara no quarto, fingindo estar muito cansado devido ao dia longo. Ele se instalou em frente ao seu terminal digital e começou uma pesquisa: NEP. Centenas de sites faziam referência ao projeto New Earth. Não era de estranhar. Na página inicial estavam todas as peças de comunicação do governo que expunham, com muito entusiasmo, as vantagens que os habitantes das favelas poderiam obter ao deixar a Terra, incitando as pessoas a se inscreverem nos sorteios semanais. Orion não se deteve nessas páginas. Ele conhecia quase de cor as peças publicitárias do NEP.

Então buscou os sites de economia. Eles apresentavam os benefícios do NEP, que permitia, por um lado, que os colonos melhorassem suas condições de vida, e, por outro, que as populações desfavorecidas restantes na Terra se beneficiassem de uma melhor assistência social, a um menor custo para o Estado. Todas as nações participantes do projeto NEP tinham visto sua taxa de crescimento aumentar de forma significativa. Os economistas não paravam de elogiar as vantagens do NEP. Novamente, Orion passou adiante. Não era isso o que procurava.

A terceira etapa, muito tediosa, consistiu em assistir aos vídeos enviados pelos colonos aos seus parentes e depois divulgados nas redes sociais. A maioria continha explicações sobre as condições de vida em New Earth e sobre a felicidade dos colonos em ter a oportunidade de se tornar senhores de seu destino. "Bela expressão", pensou Orion um pouco irônico. Nesses vídeos também descobriu muitas imagens sobre a fauna e a flora do planeta adotado. Lá pelo décimo, Orion teve a impressão de andar em círculos, de tanto que se pareciam. Desinteressantes e melosos, de palavras simpáticas e bons sentimentos...

Ele então esmiuçou cada site, até quase o centésimo, e constatou com surpresa que não havia nenhuma voz dissonante. Todo mundo glorificava o NEP, desde o pequeno jornal até a maior rede televisiva de informações. Esse entusiasmo cego o deixou em dúvida. Assim como havia aprendido a surfar na internet antes mesmo de andar, tinha também aprendido a desconfiar da web. Embora tivesse meios financeiros ilimitados, tinha horror de ser enganado. Assim, havia estabelecido duas regras antes de fazer uma compra online: nunca comprava se o site tivesse muitas críticas negativas e jamais comprava em sites que só tinham críticas positivas. Orion não era um adolescente ingênuo. Sua visão de mundo não se limitava ao preto e branco.

Os comentários com elogios excessivos sobre o NEP deixavam pouco espaço para dúvida: o governo estava deletando todas as opiniões que não eram convenientes. Simples assim.

Só para ter certeza, Orion digitou "NEP problema". Sem surpresa, não encontrou nada, o que confirmou sua suspeita. Alguém tinha muito cuidado em limpar a internet.

Orion então mudou de tática e direcionou sua pesquisa para os sites dos raros jornais que às vezes ousavam questionar as decisões governamentais. Desenterrou inúmeras polêmicas relativas à gestão da água potável, às distribuições de alimentos, ou à falta de investimentos no setor de despoluição, porém, por mais que procurasse, nada sobre o NEP. Nem mesmo um parágrafo, além dos artigos chatos falando da iminente partida da NM-523... Só conseguiu uma informação útil: os próximos futuros colonos poderiam comparecer para embarcar em um ônibus espacial nas diversas bases do NEP. A de Nova York ficava a alguns quilômetros da redoma... Talvez a oportunidade de se despedir de Isis? Ele anotou o endereço e pegou o celular.

– Sede do jornal *Opiniões*, em que posso ajudar?

– Bom dia, senhora, sou aluno de uma escola mista e tenho que escrever uma dissertação sobre o NEP. Aprendi que sempre é preciso buscar argumentos divergentes para, em seguida, formular uma opinião pessoal, mas não encontro nenhum ponto negativo em que confiar. Então imaginei que apenas um jornal com tanta liberdade como o seu poderia me ajudar...

– Vou passar para um de nossos jornalistas.

Por duas vezes, Orion repetiu seu pedido. Por duas vezes, foi educadamente transferido para outra pessoa. Seu terceiro interlocutor foi mais incisivo.

– Bom dia. Kyle De Boer. Sou redator chefe do jornal. Então, você está procurando argumentos críticos sobre o NEP?

– Sim, senhor, exatamente isso.

– Saiba que o jornal *Opiniões* não tem qualquer intenção de colocar o NEP em dúvida, nem circular rumores sobre o projeto. Nossa linha editorial oficial é clara: o NEP é um projeto magnífico que permitirá salvar nosso planeta.

– Mas...

– Pode dizer aos seus patrões que não há necessidade de usar crianças para fazer seu trabalho sujo de censura.

— Calma! Não tenho nada a ver com o governo! Sou Orion Parker.

Silêncio do outro lado da linha.

— O filho de Arthur C. Parker?

— Sim. O senhor pode verificar a localização da minha chamada. Sei que vocês têm equipamento para fazer esse tipo de coisa.

— Espera um momento, ok?

Orion esperou. Ao final de dois ou três minutos, seu interlocutor retornou.

— Certo. Verifiquei. Você chama da propriedade dos Parker, redoma número 1, Nova York. Que história é essa de dissertação?

— É uma mentira ridícula, eu sei, mas não vi outra forma de justificar meu pedido.

— Seu pedido não é justificável. Você está na melhor posição possível para conseguir as respostas às suas perguntas.

— É que eu preferiria não chamar a atenção do meu pai.

— Nem eu, e isso é um eufemismo. Não posso fazer nada por você, meu jovem. Já respondi: o NEP é um projeto magnífico...

— Que permitirá salvar o planeta. Conheço o slogan. Boa noite. Lamento tê-lo incomodado.

Orion colocou seu telefone sobre a mesa e se deixou cair na cama, suspirando. Que decepção! Aquele cara parecia ter um medo terrível de seu pai... Não tinha descoberto nada. Tudo estava bloqueado.

Quanto mais o tempo passava, mais ele duvidava do que tinha visto na fuselagem do NM-523. Talvez fosse apenas um reflexo nas escotilhas, ou uma mossa devido ao impacto de um meteorito. O tempo passou, e Orion cochilou na cama.

O toque do celular o acordou. Ele atendeu.

– Senhor De Boer? – perguntou com uma ponta de esperança.
– Não. É o professor Van Duick.
– Professor? Mas...
– Tenho pouco tempo – disse Van Duick. – Depois de trinta segundos a ligação pode ser rastreada. Esse telefone é criptografado, ninguém pode entender o que dizemos. De Boer é um amigo meu. Ele sabe que você foi meu aluno por curto tempo e me ligou para falar de sua pergunta estranha. De Boer queria saber se você era confiável...
– O que o senhor respondeu?
– Se quiser informações fora do comum sobre o NEP, entre em contato com Neil Harris. Repito: Neil Harris. Vá ao bar Última Chance, perto da entrada da zona molhada, e pergunte pelo seu velho amigo Einstein. Ele falará com você.
Orion ficou parado diante de seu telefone.
– Entendeu o que eu disse?
– Hã... sim. Neil Harris, Bar Última Chance. Da parte de Einstein.
– Isso.
– Obri... gado.
Tarde demais. Van Duick tinha desligado.
Orion olhou seu relógio: Nove horas da noite. A vantagem de ter uma casa gigantesca é que é fácil escapar com discrição. Mesmo se seus pais o procurarem, sempre vão achar que você está do outro lado da propriedade.
Em frente à garagem, Orion encontrou Oskar, que entrava em seu carro de serviço para ir para casa.
– Tem um lugarzinho? – perguntou Orion.
Oskar o olhou com ar de reprovação.
– Não tenho certeza de que seus pais ficariam satisfeitos de você sair da redoma a uma hora dessas.

– Por favor, Oskar, é importante. Eles nunca saberão, juro.
– Tem alguma garota lá fora? – O motorista deu uma piscadela.
– Não. Quer dizer, sim, indiretamente...
Oskar começou a sorrir, antes de se colocar sério de novo. "Uma verdadeira montanha-russa, esse Oskar", pensou Orion.
– Você vai ver Miranda?
Orion caiu no riso.
– Miranda? Aquela peste? Claro que não.
– Então, entra...
Após algumas centenas de metros, Orion ousou outro pedido:
– Sei que estou abusando, mas você não teria umas roupas um pouco mais... neutras para me emprestar?
Oskar tirou os olhos da estrada por meio segundo e disse, rindo:
– Corre o risco de ficar um pouco grande, mas tenho uma roupa extra no banco de trás...

20

ISIS

Meu irmãozinho é horripilante, incansável, mentiroso, incapaz de arrumar suas coisas e passa os dias estragando as minhas. Mas... é meu irmãozinho. E quando penso nele mais de cinco segundos, não consigo evitar um sorriso. Eu o amo, é isso.

Sensação engraçada, colocar toda a sua vida em uma mala. Tivemos que comprar algumas. Não viajamos, então malas, pensa bem, nunca foram uma prioridade... antes de ganharmos as passagens para New Earth. Meu pai trocou nossa televisão por quatro malas velhas, no bairro comercial. É um sentimento estranho ver partir o único objeto de valor que possuíamos. De acordo com o folheto que recebemos, haverá uma tela duas vezes maior na nossa cabine, a bordo da nave-mundo.

Com a disposição de um peixe deslizando pela garganta de uma gaivota, faço uma triagem nas minhas coisas. Nos disseram para não levar muitas roupas. Macacões novos nos serão fornecidos a bordo. Desde bem pequena aprendi a cuidar dos raros objetos e roupas que tenho. A mudança é brutal. À medida que seleciono o que vou levar e o que ficará na cabana, flashes de momentos felizes passados com Flynn desfilam pela minha cabeça, intercalados com lembranças do dia em que Orion veio à zona molhada. Dez anos de amizade de um lado, e algumas poucas horas do outro. Entretanto, a imagem de Orion parece muito mais clara, mais viva. Faço um esforço para não me deixar dominar por essa onda de nostalgia. Porém, é mais forte que eu. Como as ondas que vão inchando a maré crescente, a soma de tudo o que vou perder cresce a cada pensamento e ameaça me dominar.

Soluços chamam minha atenção do outro lado do quarto. É Zach. Mamãe também mandou que ele fizesse a mala. Ele chora baixinho, e eu me aproximo.

– O que foi, Zach?

– É meu pneu – ele geme. – Mamãe disse que não posso levar.

Mentalizo a fonte de sua tristeza. Um velho pneu recuperado de um aterro, com o qual ele perambula o dia inteiro. Um pedaço de borracha que deve ter circulado pela zona molhada umas duzentas vezes. Minha primeira reação é a de achar meu irmão ridículo por chorar por causa de seu velho pneu sujo. E então me coloco em seu lugar: não é fácil se ocupar quando não se tem quase nada, e não se vai à escola... Esse lixo é o brinquedo de que ele mais gosta. Se eu choro pelo relacionamento perdido com meus amigos, ele tem o direito de chorar por uma de suas brincadeiras favoritas. Então o coloco em meus braços, com doçura, e faço carinho em sua cabeça. Juro que se contar a alguém isso, eu faço você comer algas estragadas! Sim, Zach é uma praga, cujo passatempo predileto – além do passeio com o pneu – é atazanar minha vida. Mas assim mesmo é meu irmãozinho... E ele está infeliz. Como eu.

Então canto para ele uma cantiga de ninar que mamãe cantava quando eu era pequena. Ele relaxa aos poucos. Sua respiração está mais regular, e os soluços diminuem, depois param.

– Isis, você acha que vamos ser felizes lá?

Olho para ele e me forço a sorrir.

Ele tem os mesmos olhos que eu, verdes brilhantes. É um garoto bonito o meu irmãozinho...

– Sim! Você viu como tia Lily aparece contente nos vídeos? Vamos fazer uma longa viagem em uma embarcação magnífica, depois teremos nossa fazenda, com muitas coisas para comer e muitas brincadeiras novas...

– Que tipo de brincadeira?

– Você poderá correr pela floresta, subir em árvores, mergulhar nos rios...

– Mas os rios são perigosos, estão todos poluídos!

– Não em New Earth, Zach... Lá a natureza ainda está preservada.

– As árvores são grandes? – ele pergunta com o olhar perdido.

Sei que está imaginando o novo mundo.

– Imensas, Zach. Tão altas, que não vemos sua copa.

– Uau! Isso será incrível!

Posso ver o rosto de nossa mãe na porta. Ela sorri para mim, e vejo em seus olhos muita gratidão. Pergunto-me há quanto tempo ela nos ouve e também se sabe que não acredito em uma palavra do que acabo de dizer.

Para mim, a viagem para a New Earth é mais como uma pequena morte. O fim de quinze anos de trabalho duro que me permitiram construir uma vida que está longe de ser perfeita, porém suportável. E vou ter que recomeçar tudo de novo. Voltar à estaca zero. Não importa o quanto eu pense no problema, sinto essa partida para o desconhecido como a maior injustiça que já sofri.

Uma lágrima corre pelo meu rosto. Mas as palavras ficam presas. Não vale a pena amedrontar meu irmão...

21

ORION

Antes de abrir as portas do bar Última Chance, Orion respirou fundo. Jamais tinha posto os pés em um lugar daquele tipo e imaginava mil cenários. Como nos filmes, ele esperava que um silêncio mortal se fizesse com sua entrada e que dezenas de olhares hostis o encarassem. Ele abriu a porta com o coração a mil. Os decibéis que invadiram seus ouvidos foram a primeira resposta. Não havia lugar para o silêncio no bar Última Chance. Ele avançou e constatou que ninguém parecia se interessar por ele, apesar de seu constrangimento e das roupas dois tamanhos acima. Foi preciso amarrar um cadarço na cintura para segurar as calças emprestadas de Oskar. Fazendo um ar de esperto, com as calças nos tornozelos, enfrentou aquele bando de festeiros. Pessoas dançavam por todos os lados – às vezes em cima das mesas – e o álcool de batata era abundante. Bem diferente do conhaque de quarenta anos que seu pai bebia... Um calor sufocante reinava dentro do bar. O cheiro de suor e outros odores não identificados faziam cócegas no nariz de Orion.

Fingiu entrar no clima borbulhante do lugar e começou a dançar no meio das pessoas para se recompor, o tempo todo tentando lembrar as palavras de Van Duick: "Contate Neil Harris. Vá ao bar Última Chance, perto da entrada da zona molhada, e pergunte pelo seu velho amigo Einstein. Ele falará com você".

Orion deu várias voltas. À esquerda, jovens estavam cheirando um produto viscoso e esverdeado em garrafas de plástico. Não precisava ser adivinho para saber que eles não ajudariam. Lançar-se na alga verde era uma forma segura de queimar os neurônios. Os caras enchiam as narinas, mas aquilo não parecia incomodar a ninguém. Perto do bar, era o território dos bebedores, podia-se questionar quem segurava quem: o copo ou o balcão. Orion não acharia sua sorte numa garrafa e seguiu o caminho. Ao fundo, distinguiu clientes bem-vestidos e logo identificou a atitude de seus pares. Aqueles vinham da redoma. Talvez o ambiente da zona molhada lhes fosse mais conveniente do que o das boates formais dos Intocáveis. Muitas garotas, bem bonitas, pareciam ser atraídas como ímãs para esses clientes e dançavam em frente às suas mesas. Correria ele o risco de falar com eles e ser reconhecido por alguém?

– Está perdido, garoto? – disse uma voz em seu ouvido.

Orion se virou rápido demais. Para que serviam os cursos caros que seu pai tinha pago? "É preciso saber esconder as emoções para ter sucesso nos negócios", dizia sempre Arthur C. Parker. "É um mundo de tubarões. É necessário ter cuidado com os outros e atacar quando tiver certeza de matar." Aquele cinismo paternal sempre lhe dera um frio na espinha. O mais triste era a existência desse tipo de curso: dominar suas emoções para não deixar transparecer nada, aprender a mentir de forma tranquila, levar seu adversário para um terreno que ele não domina... Orion suportara aquelas aulas intermináveis como punição e nem mesmo tinha sido capaz de tirar proveito delas quando a situação exigiu. Deixou-se surpreender. Jurou a si mesmo que não aconteceria de novo.

– Primeira vez? – perguntou o misterioso interlocutor, sem parar de dançar na pista.

Orion concordou. Tinha sido flagrado, então de que adiantava mentir?

– Você vem da redoma?

Pequena hesitação. Segundo aceno de cabeça.

– Tem dinheiro?

– Sim.

– O que você quer? Garotas? Uma dose de algas verdes?

– Não.

Orion quase teve que gritar por causa do som dos alto-falantes.

– Procuro um cara.

– Talvez eu possa ajudar... – disse o outro.

– Seu nome é Neil Harris.

O rosto do cara ficou sério. Um leve brilho, porém, muito real, acabara de passar pelos seus olhos. Surpresa? Medo? Difícil dizer... O cara continuou dançando sem abrir a boca, então Orion entendeu. Pegou uma nota de cinquenta dólares e colocou na mão do sujeito.

– Vem comigo...

Orion o seguiu até o banheiro. Suor e álcool ainda eram fortes no campo olfativo, mas outros odores ainda mais desagradáveis lhes faziam companhia. As normas sanitárias do bar Última Chance lembravam as da Idade Média. Antes que Orion compreendesse o que se passava, a porta se fechou atrás dele e dois grandalhões com jaquetas de couro se juntaram ao seu guia.

– Pessoal, é nosso dia de sorte... Esse garoto acaba de me dar cinquenta pilas para falar com Neil. E vi mais umas vinte notinhas em seu bolso...

"Segundo erro", pensou Orion. Tinha dado demais para aquele sujeito e o tinha deixado ver todo o seu dinheiro. Quando se vive num casulo, se esquece que a vida do lado de fora da redoma se parece mais com uma selva do que com um parque de diversões.

– Ou nos dá a grana, ou a gente te arrebenta.

– Espera, Nils – disse um dos grandalhões. – O que ele quer com Neil? Você é gay?

Orion franziu a testa. Que pergunta era aquela?

– Responde. O que você quer com Neil?

– Falar com ele, só isso. Venho da parte de Einstein.

– Einstein? Merda, garoto, tinha que dizer isso logo de cara. Quase foi morto, sabe...

Orion deu de ombros.

– Nils, devolve as cinquenta pratas. Rápido.

Nils reclamou, mas devolveu a nota.

– Vem comigo – disse o grandalhão. – E desta vez garanto que sem confusão. Tem minha palavra.

22

ORION

— Então é isso, você quer falar comigo? Orion levou um tempo analisando o estranho homem a quem o tinham levado. Devia ter uns quarenta anos, era grande e bem-vestido. Roupa da moda, penteado bem-feito e um cachecol amarrado no pescoço. Neil Harris era um desses homens que cuidavam da aparência.

— Olá – saudou Orion –, venho da parte de Einstein.

— Já me falaram isso. Faz tempo que não tenho notícias dele. Quero saber por que ele mandou você aqui.

— Ele me disse que poderia obter certas informações com você.

— Que tipo de informação?

— Sobre o NEP.

— Sei. Você sabe quem eu sou?

Orion olhou de novo para Harris. Não, não tinha a menor ideia.

— Não – ele admitiu.

— Então tenho uma vantagem sobre você, Orion Parker.

Orion escondeu a surpresa.

— Ah, sim, eu conheço você. O que não é nenhuma surpresa, uma vez que passei quase três anos de minha vida investigando o NEP e as empresas de seu pai.

– Então você é jornalista?
– Você fez um pequeno erro de conjugação, querido Orion. Não sou jornalista. Eu era. E dos bons, sem falsa modéstia. Mas deixei de ser depois de abordar um assunto pelo qual jamais deveria ter me interessado...
– O NEP?
– Há cerca de dois anos tentei publicar os resultados de minha longa pesquisa sobre o NEP e encontrei algumas dificuldades...
– Que tipo?
– Tipo a desgraça terrível que aconteceu com colaboradores próximos a mim. Os dois editores com quem tive contato para publicar meu livro sofreram acidentes. O primeiro perdeu o controle do carro, com quatro gramas de álcool no sangue, embora jamais tivesse bebido uma gota. O segundo caiu no banheiro e esmagou o crânio batendo na banheira. Depois desses acontecimentos infelizes, nenhum outro editor quis trabalhar comigo...
– E o que você fez então?
– Tentei a sorte nos jornais e nos canais de televisão, sem sucesso. Por fim, recebi um belo convite paternalista. Ainda me lembro de cada palavra: "Caro senhor Harris, soube de seu profundo interesse pelo NEP. Sugiro que se torne o primeiro jornalista a realizar a viagem até New Earth. O senhor poderá então responder a todas às suas perguntas ainda existentes. Cordialmente. Arthur C. Parker".
– E você não se atreveu a tentar a aventura?
Harris começou a rir baixinho.
– Não levei nem dez minutos para fazer as malas e desaparecer. Os editores com quem trabalhei tinham me garantido o anonimato, mas quebraram sua palavra devido aos acidentes...

– Posso perguntar o que você descobriu que o levou a trocar sua vida por este lugar? – perguntou Orion, observando o estado de decadência do quarto.

Precisaria ser cego para não ver que Harris estava totalmente fora de seu ambiente.

– Mas, antes, preciso fazer um pedido – respondeu o ex-jornalista. – Pode se despir?

Orion não se moveu. Tinha entendido direito? A pergunta do grandalhão de jaqueta de couro veio à sua mente: "Você é gay?".

– Isso quer dizer tirar as roupas – especificou Harris, com um olhar divertido.

Orion não se mexeu.

– Ah, entendo... continuou o ex-jornalista. Alguém deve ter contado sobre minha orientação sexual. Sim, sou homossexual e me relaciono com homens. Não se preocupe, não me interesso por adolescentes. Apenas quero verificar se você não está com algum sistema de gravação. Para ter certeza de que não foi seu querido pai que o enviou, por exemplo.

Orion corou dos pés à cabeça. Estava envergonhado de ter julgado o homem. Tirou a enorme roupa emprestada por Oskar e ficou de cueca.

Harris balançou a cabeça, e Orion pôde se vestir.

– O que você quer saber? – perguntou, por fim, Harris.

– Tudo – disse Orion.

– Vou lhe mostrar o que descobri. Mas, antes, gostaria de entender qual a sua motivação...

Orion lhe contou sobre Isis e teve dificuldade em esconder a emoção. Relatou então sua visita aos canteiros de obras espaciais e mencionou a famosa mancha que tinha reparado na fuselagem do NM-523.

Harris o escutou com atenção e pegou um pequeno computador, que colocou sobre a mesa, de forma que Orion pudesse ver o que a tela mostrava.

– Última chance de dar meia-volta, Orion – preveniu Harris. – Uma vez que tudo for revelado, sua vida nunca mais será a mesma...

Orion engoliu em seco.

– Estou pronto...

23

ORION

Harris começou a sua exposição sobre o NEP, apresentando a Orion os documentos que ilustravam suas observações:

— Decidi me interessar sobre o NEP quando um dos meus melhores amigos, que não tinha como pagar uma moradia na redoma, foi sorteado para ir para New Earth — começou Harris. — Mais ou menos como sua amiga Isis... Quando vi o número de pessoas que se amontoavam na base de decolagem dos ônibus espaciais, a alguns quilômetros daqui, fiquei surpreso. Não sei se você entende o que representa enviar, a cada semana, 200 mil americanos a bordo de uma nave-mundo. Sem falar dos que vêm de outras partes do planeta.

Orion teve dificuldades em imaginar tal coisa. O vídeo projetado na tela do computador de Harris lhe deu uma dimensão.

— A base de Nova York agrupa apenas um quarto dos futuros colonos de nosso país, cerca de 50 mil pessoas. Mas isso já é impressionante. Então me projetei mentalmente dentro da nave-mundo. Um milhão de pessoas. Imagina! Já é uma logística e tanto embarcar tanta gente, mas os robôs fabricados pelas empresas de seu pai são maravilhosos em precisão. As naves decolavam umas seguidas das outras, com uma regularidade cronometrada. Os robôs orientavam as pessoas, colocando-as nas áreas de espera, e tudo isso num clima de colônia de férias. Todos os colonos pareciam encantados em deixar a Terra cinzenta e se lançar nessa viagem cheia de promessas. Eu, é claro, observava tudo aquilo com outro olhar. Um olhar de jornalista. As perguntas começaram a ser formuladas: quantas toneladas de comida seriam necessárias para efetuar essa viagem com um milhão de pessoas a bordo? Quantas toneladas de metal para construir uma máquina capaz de acomodar tamanho volume? Qual a quantidade de combustível para realizar uma viagem assim tão longa? E assim por diante... Anotei tudo em um papel e fui atrás das respostas. Entrei em contato com especialistas do mundo inteiro, tentando ser discreto. E obtive resultados perturbadores. Sobre a alimentação, por exemplo: imaginando que se forneça aos viajantes três barras energéticas por dia, meio mais leve e menos volumoso para uma ingestão satisfatória de calorias, teremos 330 mil toneladas de barras energéticas. A cada semana, uma nave-mundo deixa a Terra: em torno de cinquenta e duas por ano. Então 52 x 330.000 = 17.160.000.

– Mais de 17 milhões de toneladas de alimento por ano? – disse Orion. – Fiquei tonto.

– Tem toda razão. O que é perturbador é que, somando o volume fornecido por ano pelos principais produtores de barras energéticas que trabalham para o NEP, não chegamos a quatro milhões de toneladas.

– Quatro? Só isso? Mas de onde vem o que está faltando?

– Espera, não terminei. Outro exemplo: o metal. É mais difícil de avaliar, mas todos os especialistas concordam que é preciso quantidades consideráveis para fabricar apenas uma nave-mundo. Você sabe que cada semana uma nova embarcação deixa a Terra. E isso ao longo de dez anos. Segundo os geólogos que eu contatei, o volume de ferro necessário para a construção das quinhentos e vinte e três naves-mundo saídas dos canteiros de obras espaciais das empresas Parker é, aproximadamente, cinco vezes maior do que o volume total de ferro ainda a ser explorado na Terra...

– Espera, não estou acompanhando... – disse Orion.

– O que quero dizer é que é impossível uma nave-mundo ser fabricada a cada semana e levar um milhão de pessoas para New Earth. É matematicamente impossível, Orion. Não importa por qual ângulo você olhe o problema, as quantidades faraônicas de combustível, de alimento ou de matéria-prima não permitem pôr em prática um projeto tão desproporcional.

Orion permaneceu em silêncio. Aquela montanha de dados o deixou perplexo.

– Entendo seu ceticismo. Os dados são tão extravagantes, que é difícil imaginar tais quantidades. Numa escala humana, isso é enorme. Os produtores que trabalham para o NEP não desconfiam de nada: suas fábricas estão trabalhando a pleno vapor!

– Você está me dizendo que o projeto New Earth é uma farsa gigantesca? – disse Orion, com lágrimas nos olhos.

– Na minha opinião – respondeu Harris –, New Earth jamais existiu.

– Mas e toda essa gente que testemunha e envia vídeos para seus parentes? O que aconteceu com elas?

– Esse é um mistério que ainda não consegui resolver. Mas sou enfático. É impossível que 522 milhões de pessoas tenham partido para essa Nova Terra. Ainda há pouco você me contou de uma mancha na fuselagem do NM-523 que parecia muito com aquela provocada pela batida de uma nave kamikaze há dez anos, não foi?

Orion concordou com a cabeça.

– Acho que você não sonhou. Essa mancha é a mesma, porque a NM-523 não é uma nave-mundo que acabou de sair dos canteiros de obras espaciais. NM-523 nada mais é que a NM-001 com o número de série trocado... Existe apenas uma nave-mundo, Orion.

– Você tem evidências do que está dizendo? Imagens?

– Aí está a genialidade dos dirigentes do NEP. Desde o ataque "terrorista" contra a primeira nave-mundo, todas as suas bases foram classificadas como zona militar, e o acesso a elas é proibido. Eu bem que gostaria de subornar algum funcionário para obter provas, mas nunca encontrei nenhum.

– Como assim?

– Tudo o que afeta direta ou indiretamente a logística do NEP é gerido por robôs. Tudo é automatizado. Além dessas máquinas, não há qualquer testemunha do que esteja acontecendo lá em cima.

Orion tomou um choque. Uma única nave-mundo... Desde que visitou os canteiros de obras espaciais com o pai, essa ideia vinha ganhando força. Mas ele a rejeitara todas as vezes. "Impossível", pensou. "Impossível que meu pai seja capaz de uma fraude como essa."

Mas agora, naquele quarto sujo, frente a todas aquelas informações, precisava encarar os fatos. O impossível se tornara provável.

– Então, o que eles fazem com quatro milhões de toneladas de barras energéticas? – Orion tentou, em desespero de causa. – Talvez você tenha avaliado mal as necessidades dos futuros colonos.

– Esse volume em toneladas corresponde mais ou menos ao que o NEP distribui nos bairros desfavorecidos...

– Não consigo acreditar – diz Orion. – E o que foi feito daqueles milhões de colonos?

Harris tem um ar sério.

– É isso o que estou tentando fazer você entender desde o início... A viagem para New Earth é só de ida, mas não para uma gêmea da Terra. É apenas ida para uma morte certa...

24
ISIS

Amo Nova York. Conscientização tardia para mim, que sempre sonhei com outro lugar. Mas na hora de deixar minha cidade, meu coração aperta. Acabei me acostumando com os edifícios fantasmas, as favelas com crescimento desordenado e, até mesmo, com a imensa redoma que domina a cidade...

ATÉ O ÚLTIMO INSTANTE, ESPERO VER O ROSTO DE Flynn na janela de nossa cabana. Ou o de Orion. Mas os minutos acabam. Então chega a hora fatídica: um ciborgue do NEP se apresenta à nossa porta. Saímos enquanto o robô se encarrega de nossas bagagens e passamos por nossos antigos vizinhos. Uma verdadeira guarda de honra. Sinto seus olhares sobre nós. Às vezes um pouco de tristeza, mas, principalmente, uma ponta de inveja. Todos gostariam de estar no nosso lugar. É tão evidente, que me dá vontade de vomitar. Procuro Flynn na multidão. Não está. Felizmente, está Karina, que me observa com seus grandes olhos cheios de luz. Não me lembro de vê-la algum dia tão longe de sua cabana. Fico emocionada. Vou em sua direção e a abraço com delicadeza. Tenho medo de quebrá-la.

– Boa viagem... – ela me sussurra, um sorriso travesso ilumina seus traços enrugados.

Com tristeza, deixo o conforto de seus braços. Como uma mulher tão frágil pode emanar tanto calor? Volto para minha família com o andar arrastado.

– Mandem notícias... – diz um vizinho.

Cumprimento todos os rostos amigáveis sem grande convicção, e entramos no ônibus. Não estamos sozinhos. Cerca de vinte "ganhadores" já estão sentados e outros se juntam a nós. O trajeto até a aerobase do NEP é interminável. Tento ser razoável. É preciso ter um pouco de paciência. Não se embarca um milhão de pessoas em uma nave espacial com um estalar de dedos. Aproveito todas as paradas para registrar em meu cérebro lembranças de Nova York, minha cidade. Não me acostumei com a ideia de ver todas essas paisagens urbanas pela última vez. De repente, olho determinados edifícios por um ângulo diferente. No ambiente cinzento, nunca tinha notado aquela igreja antiga, ou aquele prédio com grandes arcos de pedra. Meus olhos absorvem os mínimos detalhes e acabam chegando à redoma. A imensa cúpula com vista para a cidade. Ao seu redor, dezenas de fábricas lançam uma enorme quantidade de fumaça tóxica. Tratamento de resíduos, filtragem de água, produção de energia. Todas essas excrecências desprovidas de tratamento estético contrastam com a simetria perfeita da redoma.

Segundo Flynn, o interior se parece com o que era nosso planeta cem anos atrás. Um sol falso emana seus raios em um falso céu, pontilhado de nuvens falsas. Triplamente falso, então. Mesmo assim, gostaria de ver isso com meus próprios olhos...

Meu consolo é pensar que em seis anos poderei ver o Sol por completo. Um de verdade, sem imagens digitais projetadas em telas gigantes presas nas paredes da redoma. O ônibus continua seu trajeto, e os lugares livres são cada vez mais raros. Logo não poderei mais ver a redoma. Viro a cabeça para observá-la por mais alguns segundos. O que Orion está fazendo neste momento? Com certeza rindo com Miranda ou com outros Intocáveis, celebrando aquele dia famoso em que arrasaram os Cinzas graças ao TP social.

Suspiro, enquanto tento pôr fim à minha antiga vida e ao que poderia ter se tornado. Flynn e Orion fazem parte do passado agora, mas não tenho certeza de que um dia eu vá esquecê-los. "Você fará outros amigos", disse minha mamãe para me tranquilizar. Nesse momento, um garoto que deve ter a minha idade embarca com a família. Não, ele não! Aquela cabeça feia, aqueles olhos fundos, aquele corpinho atrofiado. É o garoto que tentou nos agredir, Orion e eu, alguns dias atrás. Andando pelo corredor do ônibus, ele olha para mim e me reconhece. Sorri um sorriso sádico.

– Olá, gatinha – ele murmura quando passa ao meu lado.
– Você não imagina o quanto estou feliz em passar seis anos em uma lata de conserva com você... – ele completa.

Calafrios percorrem minha espinha. Minha mãe estava certa. Eu tenho um dom para fazer amigos. Com sorte, vou cruzar pouco com ele. Um milhão de pessoas, é um mundo... Mas não consigo me livrar do mau pressentimento. Vou cruzar de novo com aquele cara, tenho certeza. Coloco essa inquietação repentina na conta do estresse e tento esquecê-la, mesmo sentindo seu bafo na minha nuca. Felizmente não há lugar livre por perto. Teria sido terrível ter ele colado em mim.

Uma vez lotado, o ônibus entra rápido numa via expressa e ganha velocidade. Depois de uns trinta minutos, chegamos à aerobase. Centenas de ônibus espaciais estão alinhados, prontos para a decolagem. Um cruzamento permite que os veículos sigam pelo caminho certo: futuros colonos, à direita; familiares e amigos que desejam assistir à partida, à esquerda. Viramos à direita.

Tento saborear ao máximo meus últimos minutos como terráquea.

25
ORION

Orion deixou o quarto de Neil Harris muito perturbado. Depois, cinco palavras permaneceram em *loop* em sua cabeça.

"Meu pai é um assassino."

Ele analisara o problema por todos os lados e a demonstração de Harris era impecável... À medida que a esperança de descobrir um meio de inocentar seu pai diminuía, uma raiva incômoda instilava seu veneno nele. Por quê? Por que fazer uma coisa tão terrível? No meio desse turbilhão, outra verdade o atingiu com toda a força...

"Isis vai morrer."

O jovem Intocável começou a correr como jamais havia feito. Seus pulmões queimavam, suas pernas doíam. Ele chegou ao bairro residencial da zona molhada em tempo recorde.

Saber que ela iria embora, para o outro lado da galáxia, já era de partir o coração, mas pensar que seu próprio pai a estava enviando para a morte era insuportável. Ele tinha que impedir e, para isso, precisava encontrá-la.

Orion abordou o primeiro morador que viu, um homem velho que andava com a ajuda de uma bengala:

– Com licença, senhor, procuro a casa de Isis Mukeba.

– Você chegou um pouco tarde, meu jovem. Isis e seus pais ganharam uma passagem para New Earth. Eles saíram há umas duas horas em direção à aerobase do NEP.

Orion sentiu seu coração disparar. Não, o destino não poderia lhe pregar uma peça assim.

Agradeceu o homem e correu em direção à redoma. Quanto mais se aproximava da cúpula, menos pobres eram os bairros. Os primeiros carros começaram a aparecer. Ao longe, Orion viu o que estava procurando: um ponto de táxi. Buscou suas últimas forças para acelerar e entrou no primeiro.

– Ei, garoto! O que você quer? – disse o motorista olhando para ele com jeito de poucos amigos.

Orion se posicionou e viu seu reflexo no espelho retrovisor. Estava suado, ofegante, e suas roupas tão grandes faziam se parecer com as crianças perdidas para quem Isis dava aulas. A nota que tirou do bolso mudou, como num passe de mágica, a atitude do motorista.

– Para onde deseja ir, senhor?

– Para a aerobase. Pago o dobro se você esquecer os limites de velocidade.

O carro arrancou cantando os pneus, e o motor de hidrogênio começou a roncar forte. "Pelo menos", pensou Orion, "nem precisei repetir o pedido." Vinte minutos depois, o táxi entrou na aerobase. "Que ela ainda esteja lá, por favor, que ela ainda esteja lá", orava Orion.

O cruzamento colonos/visitantes surgiu.

– Pegue a via dos colonos – disse Orion.

– Impossível – respondeu o motorista.

Orion pegou um maço de notas.

– Não é uma questão de dinheiro. Os robôs que supervisionam o lugar não são simpáticos. Somente os ônibus do

NEP podem passar deste ponto. Posso deixá-lo no estacionamento, o mais próximo da zona de embarque, mas é tudo o que posso fazer.

– Tudo bem – concordou Orion.

Depois de descer do carro, encontraria uma solução. O táxi freou deixando marcas no asfalto. Orion largou algumas notas e saiu do carro.

Lá fora, uma multidão bem densa bloqueava a passagem. Ele saiu dando cotoveladas, ignorando os protestos, e, por fim, chegou à cerca que dava para a área de decolagem.

– Ei, garoto. Nós também queremos ver! – disse uma voz grossa atrás dele.

Ele se virou com raios nos olhos. O homem de voz grossa recuou, impressionado pelo olhar determinado do jovem.

De forma sistemática, Orion verificou cada área, tentando encontrar Isis e seus pais. "É como procurar uma estrela na galáxia!", resmungou. Mas não desistiu. A vida de Isis estava em jogo. Os minutos passavam ao ritmo alucinante da decolagem dos ônibus espaciais.

– Tá procurando Isis?

Orion virou e se viu face a face com Flynn. Troca de olhares carregados de eletricidade. Nenhum dos dois tinha disposição para brigar. Flynn estava com os olhos vermelhos, com jeito de quem não tinha dormido muito.

– Preciso encontrá-la – disse Orion.

– É um pouco tarde, se quer minha opinião...

– Ela está em perigo, Flynn – sussurrou Orion. – Ela não pode embarcar num daqueles ônibus espaciais!

– Corredor 12, fila 7.

– O que é corredor 12, fila 7?

– Ela já está a bordo, Orion. Sua nave está esperando a vez de decolar.

– Não – rosnou Orion. – Preciso fazer alguma coisa.

Nesse exato momento, um homem escalou a grade e correu em direção aos futuros colonos. Mal tinha corrido uns dez metros, quando parou, começou a tremer e caiu ao chão.

– Minas incapacitantes – disse Flynn, dando de ombros.

– Outro que não aprendeu a ler – completou, mostrando os cartazes presos na grade em intervalos regulares.

Orion cerrou os dentes. Uma sensação de impotência o invadia aos poucos, enquanto a fila de naves avançava inexoravelmente em direção à área de decolagem. Logo seria a vez da de Isis.

– Você sabe o horário exato da partida da nave-mundo?
– perguntou Orion.

– Eu não sou o filho do senhor Parker. Por que acha que saberia uma coisa dessas?

Orion largou a cerca e correu pela multidão em sentido contrário sob o olhar perplexo de Flynn.

– Você nem vai esperar que ela decole? – ele gritou.

Mas Orion nem se deu ao trabalho de responder. Flynn deu uma última olhada para o ônibus espacial e decidiu seguir Orion, a contragosto.

Flynn repetia para si: "tem alguma coisa errada", tentando seguir o caminho do Intocável. Conforme avançavam, a multidão se dissipava, e, por fim, Flynn conseguiu alcançar Orion.

– Ei, espera!

Novamente, Orion o ignorou.

Flynn o agarrou pelo braço.

Orion se virou e olhou com firmeza a mão de Flynn em seu braço.

Flynn não o soltou.

– Não estamos na escola – disse. – E já estou farto dessas regras idiotas. Por que não podemos tocar em vocês?

Orion se libertou e enfrentou o olhar desafiador de Flynn.

– Se você sabe alguma coisa que não sei sobre Isis, é melhor me dizer agora, ou...

– Ou o quê? Vai me bater? E terminar a vida na prisão?

– Se isso puder ajudar Isis, nada vai me deter...

Orion suspirou. Afinal, Flynn conhecia a vida na favela muito melhor que ele e, juntos, poderiam ter uma chance. Um plano começava a se desenhar em sua cabeça. Puxou Flynn para um canto e lhe contou tudo o que sabia.

26

ISIS

Os robôs simbolizam tudo o que o progresso tem de ruim. Um passo insano para a frente, sem jamais olhar para o passado, como se tudo que existiu fosse ruim. Os robôs estão por toda parte e colocam sobre nós suas pupilas vazias, refletindo nosso próprio declínio. Eles nos param, nos monitoram, roubam nossos empregos... Então não me peça para ter a mínima simpatia por eles.

— SENHORAS E SENHORES, OLÁ. SEREI SUA ANFITRIÃ cibernética neste voo. Estamos felizes, em nome do NEP, em acolhê-los a bordo deste ônibus espacial. O voo nos conduzirá ao elevador gravitacional do méxico e durará duas horas. E então, à nave-mundo.

Uma salva de palmas após a fala do robô. Maldito robô. Esse tem uma aparência quase humana. Olho meus pais, que estão sorrindo de orelha a orelha. Zach segura a mão da minha mãe e lança olhares inquietos em todas as direções. São muitas coisas novas para ele.

Decido me afastar. Nenhuma vontade de entrar nessa euforia coletiva. Encontro um lugar e observo a paisagem pela escotilha. A nave acaba de deixar a aerobase e o chão se afasta cada vez mais rápido de nossos pés. Isso me deixa uma impressão esquisita. É a primeira vez que estou a bordo de uma máquina voadora. "Vai ter que se acostumar, querida", digo a mim mesma, pensando nos seis anos de viagem que nos esperam.

– *Olá, senhorita. Um lanchinho?*

Eu me viro e fico face a face com uma anfitriã cibernética, como eles chamam. Ela espera minha resposta com um sorriso congelado.

– Não falo com latas – digo.

– *Com todo respeito que lhe devo, não sou uma lata. Sou um androide de última geração, munido de todas as opções possíveis. Dito isso, estou à sua inteira disposição e lhe desejo uma boa viagem. Se desejar alguma coisa mais tarde, não hesite em formular sua solicitação.*

"Não hesite em formular sua solicitação..." Mas quem fala desse jeito? Além disso, esses robôs são susceptíveis! Eles deviam fabricar uma versão um pouco menos formal para acompanhar os moradores das favelas até a nave-mundo. Olho de novo para minha família. Estão com as mãos cheias de comida. Minha mãe percebe meu olhar e vem em minha direção.

– Não vai comer, querida? É suco de laranja de verdade, quer provar? – pergunta, me oferecendo seu copo.

– Não, obrigada. Não estou com fome.

Minha mãe não insiste. Ela me conhece e sabe que não vai conseguir nada de mim enquanto eu estiver com esse humor. Ela vai se consolar dizendo que isso não durará muito. Como sempre... Mas desta vez acho que está enganada. Volto a olhar pela escotilha.

Menos de um minuto depois, sinto que alguém se senta ao lado. Se for aquele robô de novo...

Mas não. Não é o robô. É muito pior. É o garoto com cara de fuinha.
– Não tá com fome? – ele pergunta.
– Não quero falar com você. Nem olhar para você. Mas acho que não tenho escolha. Ultimamente tenho a impressão de não ter escolha para nada, aliás.
– São seus pais com o garotinho? – ele continua sem ligar para minhas ofensas.
– E o que você tem a ver com isso?
– Nada. Só tava tentando conversar, só isso.
– Não tenho o hábito de falar com caras que tentam me agredir – digo.
– Peço desculpas.

Por essa eu não esperava. Olho dentro de seus olhos. O pior é que parece que está sendo sincero.

– Meus pais são aqueles dois que estão se empanturrando perto do bufê. Os que são pele e osso. Não comíamos muito em casa, então, dá pra entender. Foi também por isso que não deu pra resistir quando vi os sapatos do teu amigo, o lourinho. Com o que ganharia, eu poderia alimentar minha família por, pelo menos, uma semana.

– Deu muita comichão o gás incapacitante? – pergunto com certa dose de ironia.

– Fiquei mal. Dois dias de tosse sem parar e mais um sem conseguir abrir os olhos. Ainda estão vermelhos. Mas é o jogo. Quando a gente vai atrás de desconhecidos na rua, sempre existe o risco de se defenderem.

Não respondo. Preferia continuar a detestá-lo, mas sua história é parecida com as de diversos garotos perdidos recolhidos pelo meu amigo Hasard. E sei muito bem que muitos deles não são os monstros que querem que a gente acredite que sejam. Quando se está morrendo de fome, é crime roubar para comer?

– Meu nome é Zeke – ele diz, estendendo a mão para mim.
– Isis. Quanto à sua mão, pode guardar no bolso. Considere-se satisfeito de eu falar com você.

Zeke abafa uma risadinha.

– Você não é fácil. Gosto disso. Tenho certeza de que a gente vai se entender. Estou em dívida com você, Isis. E saiba que Zeke sempre paga suas dívidas.

– *Immaculée-Sissy Mukeba?*

Quem ousa me chamar assim? É aquele maldito androide, é claro. Maravilha, agora Zeke sabe meu verdadeiro nome. Eu o fuzilo com o olhar para ter certeza de que não vai rir de mim. Ele levanta as mãos para o ar em sinal de paz, mas vejo um brilho de diversão em seu olhar.

– Sou eu – respondo.

– *Vamos precisar de você em alguns instantes.*

Franzo a testa.

– Não estou com fome, não estou com sede, obrigada.

– *Não se trata disso. A nave-mundo é equipada com sistemas de segurança de reconhecimento vocal e facial. Precisaremos registrar suas digitais para que tenha acesso a tudo o que precisar na embarcação. Levará apenas alguns minutos.*

Perplexa, me levanto e sigo a montanha de ferro que me conduz a uma pequena cabine ao fundo da nave.

– *Todos os passageiros devem passar por essa formalidade. Não se preocupe, é totalmente indolor.*

Entro na cabine, que se fecha atrás de mim com um assovio baixinho. Melhor não ser claustrofóbico... Um raio azulado desce e passa pelo meu corpo. Um tipo de scaner... Então me assusto quando a máquina começa a falar. Decididamente, os robôs das empresas Parker são muito falantes. Preciso ler um pequeno texto de umas trinta linhas. Faço o exercício e a cabine me libera. Lá fora, outro passageiro espera a sua vez.

Vou em direção ao bufê antes de voltar para meu lugar. Suco de laranja de verdade. Acho que já tomei, uma vez, no dia do meu aniversário de cinco ou seis anos. Sirvo-me de um copo e levo a bebida aos lábios. Fecho os olhos de tão bom que é.

Pela primeira vez, digo a mim mesma que esta viagem não tem só coisas desagradáveis...

27

ORION, FLYNN

Neil Harris olhava os dois adolescentes com um ar pensativo.
– Estou vendo que não vou me livrar de vocês, certo?

Suas expressões determinadas eram, por si só, a resposta.

– Vocês sabem que, agora que embarcou numa daquelas naves, as chances de reverem sua amiga com vida são tão reduzidas quanto ver o Sol?

– Por que você não divulgou as informações que tinha? – atacou Orion.

– Eu disse a você. Os editores que eu contatei estão mortos, e ninguém queria ter o NEP nos seus calcanhares.

– Há outros meios. A internet, por exemplo...

Harris deu uma risadinha.

– Engraçado que para vocês, adolescentes, tudo parece simples. Vocês acreditam em um ideal, mas o mundo em que vivemos não é esse que imaginam. Sim, eu poderia ter publicado as conclusões de minha pesquisa na internet. Mas o que vocês não sabem é que o NEP criou uma unidade de vigilância de TI.

– O que é isso? – perguntou Flynn.

– O NEP emprega um pequeno exército de cientistas da informação que passam o dia rastreando qualquer notícia negativa divulgada na internet. Eles dispõem de um software ultrarreativo para isso. Cinco segundos depois que encontram uma publicação, ela é bloqueada e então verificada por operadores humanos. Se há dados confidenciais ou de denúncia, estes são apagados e as unidades táticas informadas para buscar no mundo real quem fez a postagem. É isso, uma unidade de vigilância. E garanto que é muito melhor evitar o confronto.

Orion suspirou. No dia que fez, em vão, sua própria pesquisa na internet, desconfiara que tal unidade existia. Harris apenas tinha confirmado sua intuição. As peças do quebra-cabeça estavam, aos poucos, se encaixando, e cada uma delas reduzia a esperança que nutria secretamente: que seu pai não conhecia a terrível verdade.

– E existe algum meio de tirar essa unidade de vigilância do ar?

– Isso é alguma piada? – disse Neil Harris.

– Nossa amiga vai morrer, senhor Harris. Pareço estar brincando?

De repente, o jornalista se sentiu pequeno frente àquele garoto de quinze anos. Tinha o carisma que lembrava o do pai, e começava a antever o homem que se tornaria.

– Vocês querem atacar a unidade de vigilância? É loucura.

– Por quê?

– Porque a unidade se encontra no alto da torre do NEP...

– Em Nova York?

– Sim.

– Certo, e como a gente a neutraliza?

– Bem, não sou técnico de computação, mas imagino que o único meio seria cortar a alimentação de energia, o que incapacitaria a unidade durante certo tempo. Mas esse tipo de lugar é equipado com geradores gigantescos que entram em ação em caso de avaria. Seria preciso impedir que eles

fossem acionados. O que significa dizer... entrar na torre. E, para isso, um pequeno exército...
– Então não é impossível – afirmou Orion.
– Mas...
– Poderia me confiar todas as provas que recolheu? – perguntou Orion.
– Entrego a você com prazer. Mas, mesmo imaginando que você consiga cortar a vigilância, não seria o suficiente.
– Como assim?
– O NEP tem meios para pagar os melhores advogados. Eles gritarão para quem quiser ouvir que minhas evidências não passam de um punhado de mentiras e explorarão cada lacuna para enterrar a verdade.
– Então, o que seria necessário para desencadear uma reação maciça do povo?
– Uma confissão. Uma confissão de um dos dirigentes do NEP. Já disse, é quase impossível divulgar a verdade. Caso contrário, já teria feito há muito tempo...
– Não concordo – rebateu Orion. – Acho que você não teve coragem de ir até o final. E acho que se tivesse tido muitas pessoas ainda estariam vivas.

Neil Harris ficou mudo. Aquele garoto o tinha colocado em seu lugar como ninguém jamais fizera. Baixou os olhos. De repente, se viu ridículo com seu terno e cachecol caros, escondido naquele quarto de hotel barato. Orion Parker estava certo. Ele não teve coragem de enfrentar o NEP...

Entregou seu computador ao jovem Intocável na esperança de que tivesse sucesso onde ele havia falhado.

– Boa sorte... – ele disse, vendo se afastarem os dois adolescentes que iriam tentar derrubar a mais poderosa organização mundial por uma única razão: estavam apaixonados pela mesma garota...

28

ISIS

"A paciência é uma árvore com raízes muito amargas e frutos muito doces." Um provérbio cheio de sabedoria que nunca ponho em prática: não tenho muito talento para esperar...

Depois de sugado pelo elevador gravitacional, nosso ônibus espacial nos leva até a nave-mundo. Apenas quando passamos pelo imenso casco é que percebo o tamanho titânico da embarcação. De um lado, as naves que nos precederam entram por uma abertura grande como uma casa. Não demoramos para seguir o mesmo caminho. Uma câmara de ar se fecha atrás de nós, e a nave aterrissa suavemente. Uma voz mecânica destila seu discurso de boas-vindas.

– Agora estamos a bordo da nave-mundo, no grande hangar de desembarque. Vocês já foram comunicados dos números de suas cabines, mas pedimos ainda um pouco de paciência. Logo serão conduzidos em pequenos grupos para suas acomodações, porém, entendam que isso demora um pouco. Sigam o fluxo de colonos e se mantenham entre as duas linhas amarelas. Obrigada por sua compreensão, e boa viagem até a New Earth.

Tenho um pouco de dificuldade em perceber que estamos em órbita ao redor da Terra. Descemos a rampa traseira de

nossa nave e descobrimos o hangar de desembarque. Olho para cima. O lugar é assustadoramente grande. Centenas de ônibus espaciais já estão alinhados até onde a vista alcança. De todos eles, os futuros colonos saem e se juntam ao fluxo dos outros viajantes, guiados pelas linhas amarelas. É como milhares de córregos que fluem para um riacho, e o riacho se transforma em rio, tamanha a quantidade de gente.
– Sardinhas em uma lata.
– Como? – viro-me e pergunto.
É Zeke.
– Acho que somos apenas sardinhas em uma lata de conserva. Ou gado, se preferir... Tenho a impressão de estar sufocado.
Sinto a mesma coisa. Mas não digo nada. Zach está de mãos dadas comigo e olha, maravilhado, a catedral de metal que nos rodeia. Imagino que na idade dele tudo aquilo parece maravilhoso. Avançamos devagar, levados pela corrente humana que flui em câmera lenta. Ao fim de duas horas, percorremos uns cem metros em uma fila que se estende a perder de vista.

Uma vibração me faz pular. Vejo que as pessoas ao meu redor também foram surpreendidas.

– *A nave-mundo acabou de deixar a plataforma de voo e de ligar seu reator de fusão. Nos dirigiremos à Lua para começar nossa aceleração inicial.*

Uma salva de palmas saúda a partida, mas o entusiasmo logo diminui, sufocado pela longa espera que se anuncia.

– Vamos levar dias – diz Zeke.

Ele e seus pais estão ao nosso lado na fila.

– Gostaria de saber que bloqueio é esse – digo.

– E o que nos impede de ir ver? – propõe Zeke, com os olhos brilhando.

– Você gosta de quebrar regras, né? – murmuro.

– Talvez, sim. Mas o que seriam das regras se ninguém as quebrasse?

Filosofia engraçada. Mas essa espera interminável começa a me pesar, e a proposta de Zeke é tentadora.

– Você tem o número de sua cabine, né? – ele pergunta.

Olho para meu pulso. Como todos os outros colonos, recebi uma pulseira de identificação com o número da minha cabine. Leio: Módulo 56. Nível 15. Cabine 808.

– Sim, como todo mundo.

– Então, o que pode acontecer? Vamos ver qual é o bloqueio e voltamos. Na pior das hipóteses, mesmo que não achemos nossas famílias, as encontraremos depois.

Zeke não está errado. Agora que a viagem começou, não corremos o risco de sair da nave-mundo. Além disso, se nos perdermos, teremos seis anos para encontrar nossa cabine... Mais do que suficiente. Falo com meus pais.

– Vamos avançar um pouco para ver qual é o problema. Depois voltamos para cá.

– Não, Isis – protesta minha mãe. – Vamos ficar juntos. Você corre o risco de se perder com toda essa gente.

Mostro a ela minha pulseira.

Meu pai dá de ombros. Ele também adoraria saber por que estamos parados há uma eternidade, tenho certeza. Herdei minha impaciência de alguém... O silêncio dele vale a autorização. Dou um beijo em minha mãe, mexo nos cabelos de Zach, e sigo caminho ao lado de Zeke. Se Orion nos visse... Rio da cara que ele faria.

– Algo engraçado?

– Não, nada, continue.

Claro que nosso progresso só é possível porque saímos das famosas linhas amarelas. Sinto olhares irritados em nossa direção.

– Ei, fiquem na fila como todo mundo! – grita um homem grande.

– Só vamos ver o que está nos prendendo – respondo.

– Vamos voltar para esperar com nossas famílias.

Minha resposta parece agradar, já que ele não tenta nos deter. Continuamos seguindo ao lado da longa fila. Do canto do olho, vejo robôs postados a, mais ou menos, cada trinta metros. Sei que eles nos veem. E também sei que sabem que não estamos dentro da linha autorizada. Pergunto-me por que não intervêm. Após mais ou menos uns duzentos metros, paramos diante de uma pequena multidão. Uma mãe de mãos dadas com um garotinho da idade de Zach está discutindo com um dos robôs que supervisionam a fila de colonos.

– Ele precisa ir ao banheiro! Pode nos levar? – ela pede.

– E eu também preciso...

– *Senhora, logo estará em sua cabine e terá banheiro particular à sua disposição, enquanto aguarda, é preciso ter paciência e voltar para a fila.*

– Ah! Você entende o que ela disse? – o pai intervém.

– Precisamos de banheiros! Não estou falando dos próximos seis anos! Precisamos agora!

– *Meus sensores detectam uma certa agressividade. Não desejo fazer uso da força, mas tenho autorização de usá-la caso o senhor não retorne ao seu lugar na fila.*

A ameaça não poderia ser mais explícita. Esse robô me parece mais rústico do que a anfitriã da nave. Uma geração anterior, suponho... Ao lado da mãe, o garotinho chora.

– Mamãe, mamãe... Fiz xixi na calça – choraminga.

Vejo um lampejo de raiva passar pelos olhos da mãe. No entanto, ela dá um passo para trás e consola o filho.

– Não faz mal, Isaak. Não é culpa sua...

Esse incidente faz nascer em mim o embrião de um sentimento de revolta. Por que não previram banheiros no entorno dessa fila de espera interminável? Aproveitamos a emoção causada pela discussão para avançar mais. Agora, a maior parte das pessoas está sentada. Há quanto tempo estão esperando? Em intervalos regulares, precisamos evitar as poças de urina e as fezes. Imagino o sentimento de vergonha das pessoas que precisaram fazer suas necessidades na frente de todo mundo. É um verdadeiro escândalo! Minha raiva aumenta.

Um pouco mais longe, uma nova confusão chama nossa atenção. Desta vez, um grupo de homens exige explicações. Diversos robôs saíram de seus postos de observação e formam uma barreira em frente aos manifestantes. Um dos homens empurra um robô, e o inevitável acontece. As máquinas começam a distribuir socos e descargas elétricas. Gritos ressoam. Sangue espirra. Depois as coisas se acalmam. Os homens feridos resmungam, cientes de sua impotência. Não se pode combater esses valentões de metal.

– Viu? – pergunta Zeke. – Quando os reforços chegaram, a porta ficou aberta alguns segundos...

– Sim, e? – pergunto, não vendo aonde ele quer chegar.

– No próximo incidente, esperamos um robô sair de uma dessas portas e nos infiltramos atrás...

– Você é maluco ou o quê?

Zeke apenas sorri, caminhando ao longo da fila de colonos, com os olhos fixos nas paredes do corredor.

– Você não quer saber para onde estão nos levando? – ele me pergunta, provocador.

Eu sorrio. Nossa chegada está longe de ser paradisíaca como mostrada nos panfletos, e um mau pressentimento me incomoda. Talvez Zeke tenha razão. Quero saber o que nos espera depois desse longo corredor...

Não demora muito para que uma oportunidade se apresente. Um novo escândalo chama nossa atenção. Desta vez, duas mulheres exigem, muito nervosas, que alguém lhes dê garrafas de água. Os robôs continuam repetindo os avisos, mas a multidão enfurecida cresce. Dois outros robôs deixam uma porta deslizante para conter a inflamação dos colonos e se juntar aos companheiros.

Como duas sombras, aproveitamos a confusão e nos esgueiramos pela passagem que acaba de se abrir. A porta se fecha atrás de nós. Passamos!

Estamos em um corredor estreito, bastante escuro. Blocos de segurança emitem uma luz fraca a cada dez metros. Seguimos essas ilhas de claridade e viramos diversas vezes. O corredor não é muito alto, e me sinto como uma toupeira numa toca. Mesmo que o céu de Nova York esteja sempre cinza, tem o mérito de oferecer uma sensação de liberdade. Não estou acostumada a ficar trancada.

– Tudo bem? – pergunta Zeke, percebendo meu mal-estar.

– Sim, tudo bem. Continue...

29
FLYNN

Flynn redobrou os esforços e o barco acelerou um pouco. "Plano B", resmungou. "É claro que o senhor Intocável ficou com o plano A. Lógico..." Flynn tentava seguir o itinerário descrito por Orion através do labirinto de edifícios inundados em Manhattan. Tivera muita dificuldade em digerir a ideia de que Isis tinha levado Orion para conhecer esse Hasard, já que ele mesmo ignorava, inclusive, sua existência. Com a mesma velocidade que subiu, a raiva se dissipou. Como poderia culpar Isis por alguma coisa, quando ela estava em perigo de morte? Enquanto continuava se esforçando, Flynn pensou novamente no que aquele jornalista, Neil Harris, tinha descoberto. Era inacreditável. Mesmo tendo sentido sempre um ódio visceral contra os Intocáveis, jamais poderia imaginar que fossem capazes de tal monstruosidade. Era necessário ter uma mente muito doentia para inventar um sorteio que conduziria os felizes ganhadores a uma execução em massa.

"Como eles os matam?", de repente se perguntou Flynn. Mas logo repeliu a pergunta. Melhor não saber...

– Quem tá aí?

Flynn deu um pulo e quase deixou os remos caírem na água.

– Venho da parte de Isis.
– Isis se foi –, disse o guarda que passara a cabeça por uma janela do imóvel onde estava.
– Eu sei. E é sobre isso que preciso falar. Preciso ver Hasard.
O guarda fez sinal para Flynn atracar e o levou até o chefe.
– Olá, Flynn.
– Olá – balbuciou o garoto. – Como sabe meu nome?
– Um cara grande com cabelos rebeldes e um olhar doce. Corresponde exatamente à descrição que Isis fez de você.
– Isis falou de mim?
– Isis era minha amiga. Você era dela. Normal que a gente falasse, né?
Uma explosão de emoções tomou conta de Flynn. Sabia bem que Isis jamais teria por ele o mesmo tipo de sentimento que tinha por Orion. Essa constatação o devastava. Mas saber que Isis o considerava o suficiente para falar dele com esse Hasard lhe fez bem.
– Você veio substituir ela? – perguntou Hasard.
Flynn levou alguns segundos para entender. Logo lembrou do que Orion tinha contado. Isis. As crianças perdidas. A escola improvisada...
– Hã... não. Não vim para isso. Vim falar sobre o NEP.
– Esse não é um assunto que nos interessa muito aqui. A maior parte das crianças que eu recolho nem mesmo existe legalmente. Então, elas não têm o direito de participar do sorteio. Nosso futuro é aqui, nestas torres atacadas dia a dia pelo oceano.
– Sorte de vocês... – disse Flynn –, observando as crianças que assistiam à conversa.
Rostos desfigurados, múltiplas cicatrizes, olhares predatórios. Rostos sujos. Daqueles que fazem você dar meia-volta quando os encontra num beco escuro. Como Isis veio dar

aulas para eles? Esse mistério não será resolvido se ele não impedir o NEP de matá-la.

— O projeto New Earth é uma grande farsa — respondeu Flynn. — A Nova Terra é uma miragem. Ela não existe, e nenhum colono jamais pôs os pés lá. O NEP se livra de um milhão de pessoas pobres a cada semana, ponto-final. Nada de viagem, nada de propriedade na chegada. Apenas a morte.

Murmúrios se espalham pelo anfiteatro para onde Flynn tinha sido levado.

— Silêncio! — rosnou Hasard. Se você estiver me enganando — ameaçou, olhando para Flynn —, juro que vai se arrepender...

— É a verdade. Eles mataram milhões de pessoas! E desta vez eles vão matar Isis! Olhe, trouxe provas do que estou dizendo.

Flynn ligou o pequeno computador entregue por Neil Harris e começou a mostrar as diversas conclusões do jornalista, incluindo os cálculos.

Hasard examinou os documentosos com a testa franzida; depois se endireitou com o olhar sombrio.

— Ele disse a verdade — gritou Hasard para que todos ouvissem. — Reúnam todo mundo!

Em minutos a sala ficou cheia de crianças de todas as idades. Hasard andava pelo estrado central e gritava alguns palavrões de vez em quando. Quando achou que a maior parte de sua tropa tinha chegado, virou-se para Flynn.

— Acho que você não está fazendo turismo por aqui. Ainda há chance de salvá-la?

— Sim. Ainda há uma chance. Ínfima.

Hasard olhou para as crianças perdidas, rosto sombrio. O anfiteatro estava lotado.

– Meus amigos, o jovem que estão vendo ao meu lado se chama Flynn. É um amigo de Isis. E trouxe notícias muito tristes: o sorteio do NEP é uma ilusão. O NEP envia milhões de pessoas para a morte. E Isis faz parte da próxima leva... Estão prontos para me ajudar a impedir isso?

Um estrondo subiu pelos vãos do anfiteatro e terminou em um terrível rugido:

– U-hu, u-hu, u-hu!

As paredes tremiam, e os pelos se arrepiaram nos braços de Flynn.

Se Orion queria um exército, agora ele o tinha.

30

ORION

Orion parou na porta. Nunca sentira tanto medo de entrar em casa. Em alguns minutos estaria resolvido. Seu pai estava ciente do massacre que se escondia por trás do sonho vendido pelo NEP? Orion esperava de todo o coração que não. Não teria qualquer problema em convencê-lo de parar a máquina infernal que estava prestes a matar um milhão de inocentes, e Isis seria salva. Caso contrário, restava o plano B...

Orion tentava se lembrar dos conselhos dados por seus professores particulares. Irônico: seu pai havia fornecido as armas que, possivelmente, iriam lhe permitir culpá-lo. Repassou sua estratégia uma última vez e girou a maçaneta.

– Ah, meu Deus, Orion, você nos deixou apavorados! – exclamou a mãe ao vê-lo entrar. – Onde estava? Você saiu há horas!

– Tinha coisas importantes para fazer.

– Que bom vê-lo novamente, filho – disse Arthur Parker.

– Precisamos conversar, pai.

Arthur Parker convidou o filho a sentar no sofá.

"Regra número um. Não se coloque em posição de inferioridade frente ao oponente."

Orion declinou do convite e sentou-se numa cadeira da sala de jantar. Seu pai fez o mesmo.

– Sobre o que quer falar?
"Regra número dois. Não revele seu jogo rápido demais."
– De coisas que você esqueceu de me contar – disse Orion.
Arthur Parker deu seu sorriso predatório.
– Vamos conversar sobre o que, Orion? Quer saber como são feitos os bebês? Com que idade tomei meu primeiro porre?
"Regra número três. Jamais se deixe desestabilizar."
– Vamos falar da visita que fizemos juntos às instalações do NEP.
– Ah, acho que atendeu a todas as suas expectativas.
"Regra número quatro. Nunca permita que seu oponente entenda suas principais motivações, mesmo que isso signifique mentir."
– Um dia vou suceder você à frente dos negócios da família. Imagino que tenha idade para ser informado de certos segredos.
– Não tenho nada para lhe contar, Orion. E o tom que está usando começa a ser desagradável. Não se esqueça com quem está falando...
"Regra número cinco. O oponente tentará desestabilizá-lo. Resista aos seus ataques e contra-ataque. Utilize todas as armas para alcançar seu objetivo: jogue com os sentimentos, bajule, minta..."
– Estou falando com meu pai. O homem que dirige os negócios herdados de meu avô, e que eu espero administrar um dia. E para isso vou precisar me tornar semelhante a esses dois líderes empresariais notáveis. O que requer certas qualidades. E a ignorância não é uma delas. Sou inteligente e gostaria de ser tratado como tal.
– E o que um jovem inteligente pode ter visto para deixá-lo nesse estado?
– A mancha na fuselagem da NM-523. Em forma de O.

– Droga, Penélope, esse garoto me mata – riu Arthur Parker, chamando sua esposa para testemunhar. – Veja você: todo esse circo por causa de uma mancha qualquer numa fuselagem!
– Não é uma mancha qualquer, pai. É a mesma mancha que vi na primeira nave-mundo, há dez anos. Exatamente no mesmo lugar e do mesmo formato. E nós dois sabemos que a primeira nave-mundo só retornaria daqui a muitos meses...
Parker olhou de novo para sua esposa, mas seu ar dominador havia desaparecido. Era possível ler em seus olhos uma grande perplexidade.
– Você é perspicaz, Orion. Estou orgulhoso. Como disse, o homem que tomará as rédeas dos nossos negócios deve ter muitas qualidades, e aos poucos as estou detectando em você. É inteligente, de fato. Mas é também calmo, pragmático e impiedoso. A mãe de Miranda me contou como descreveu sua passagem pelo território dos Cinzas...
Orion se deixou desestabilizar por um instante, mas logo se recuperou. Esperava que esse pequeno deslize da regra número três não o prejudicasse.
– Achava que eu não sabia? Saiba que poucas coisas me escapam. E você reconheceu a mancha na fuselagem da nave--mundo. Que conclusões tirou?
– Que as quinhentas e vinte e três naves-mundo construídas pelo NEP nunca existiram – respondeu Orion, prendendo a respiração.
– Só isso? Digamos que sim. E então?
– Sem embarcações, então não existe viagem para New Earth. Questiono até mesmo se o planeta existe.
– Existe, Orion. Mas é longe demais para considerar uma colonização em massa.
– E os viajantes?
– O que você acha?

A mente de Orion estava fervilhando. Seu pai confirmara seus piores temores com um desapego de dar frio na espinha... Uma série de sentimentos embrulhava suas entranhas: incredulidade, decepção, raiva... E até mesmo medo frente àquele homem de quem ele nada sabia. Tentou retomar o controle... "Regra número seis. Jamais deixar transparecer suas emoções, exceto se isso servir ao seu propósito."
Orion escolheu as palavras com cuidado.
– Danos colaterais... – disse com calma.
Arthur Parker começou a rir.
– Danos colaterais. Adorei a expressão – falou, olhando de repente para a esposa.
"Viu, eu tinha razão", parecia dizer.
– O projeto New Earth tem o nome muito adequado, Orion. Nosso planeta está morrendo. Carrega o estigma de centenas de anos de descaso de nossas elites. Poluição, fome, epidemias... Essas coisas não passam de consequências do verdadeiro mal que assola o planeta: a superpopulação. Por que devemos compartilhar as riquezas da Terra com os medíocres? Essa é a pergunta que nossos dirigentes deveriam ter feito há muito tempo. A curto prazo, nosso futuro não poderá ser concebido sem a proteção das redomas. Mas aposto que, ao regular a população, poderemos inverter o processo que nos levou à privação dos benefícios do Sol. Meu nome ficará na história, Orion. Serei o homem que trouxe o Sol de volta. O homem que ofereceu à humanidade a Nova Terra, livre dos parasitas que a impedem de se regenerar.

Orion queria vomitar, mas era uma oportunidade única de saber mais. Então, continuou a fazer seu jogo:
– Acha que um milhão de pessoas por semana é um número suficiente para atingir seu objetivo?
– É apenas o começo, Orion. Daqui a dois anos, espera-se que a primeira nave-mundo faça seu retorno. Diante do

sucesso da colonização, proporei dobrar, depois triplicar as partidas... Por fim, poderemos aumentar para cinco milhões por semana. Isso levará tempo, eu sei, mas as pirâmides não foram construídas em um dia. É a obra de uma vida, Orion. Talvez até de duas...

– Prometo que o nome de Orion Parker também será associado ao surgimento da Nova Terra, pai...

– Eu sabia que um dia poderia contar com você, filho. Só não pensava que seria tão cedo, mas meu sangue corre em suas veias, afinal! Vamos mudar o mundo...

– Como você se livra dos colonos?

Parker deu um sorriso sádico.

– Como líder de empresas, sempre achei que era necessário diminuir os custos de funcionamento. Quando todos os colonos estão a bordo da nave-mundo, basta-nos apenas abrir a câmara de ar externa. Então, damos a eles o que querem: a possibilidade de fazer uma viagem no espaço.

– Eles morrem congelados?

– Não. Essa hipótese é apresentada em inúmeros filmes, mas está bem longe da realidade. O frio é um mal menor no espaço: reina apenas na sombra e mata muito lentamente. No entanto, se estiver do lado do Sol, a temperatura pode chegar a cento e vinte graus, e os líquidos corporais logo começam a ferver. Um fim bem desagradável, concordo, mas não é o pior. A morte é ainda mais horrível para aqueles que prendem a respiração quando confrontados com o vazio. A diferença de pressão entre o espaço e a nave faz com que os pulmões explodam. Muito rápido, porém doloroso. Para os outros, os mais sortudos, o fim é mais suave: eles perdem a consciência ao fim de quinze segundos mais ou menos por causa da falta de oxigênio e morrem em alguns minutos. Em todos os casos, a morte precede o congelamento...

Orion fez um esforço sobre-humano para dissimular seu desgosto diante da fria enumeração de formas de morrer reservada aos colonos.

– O que fazem com os cadáveres? – perguntou. – Ficam à deriva no espaço?

– Por Deus, não! Se os corpos fossem encontrados seria um desastre. A nave-mundo os joga em uma cratera gigantesca do lado oculto da Lua.

– Então são visíveis?

– Nas empresas Parker, as palavras-chave são otimização e racionalização. Camadas espessas de cinzas emitidas pelas nossas centrais de tratamento de resíduos são depositadas sobre a pilha de corpos. É muito eficaz. Mesmo um observador que tenha conhecimento não verá nada além de cinzas... Assim, todos os rejeitos de nosso planeta terminam no mesmo lugar...

– Pai?

– Sim, Orion?

Orion queria dizer ao seu pai o que estava pensando, que o considerava cada vez menos seu pai: "você é um monstro, e eu preciso detê-lo...". Mas sabia que ainda não era o momento. "Regra número sete. Espere que o oponente já esteja derrubado para dar o golpe de misericórdia."

Ele sorriu como um cúmplice e declarou:

– Podemos brindar? Esse dia ficará guardado da minha memória...

– Excelente ideia! Penélope?

A rolha da champagne fez um *plop*, e Penélope encheu três taças.

– Ao NEP! – disse Arthur Parker.

– À Nova Terra – respondeu Orion.

31

ISIS

Quando se mora na zona molhada, as surpresas raramente são boas. Então aprendi a desconfiar. É sempre mais fácil suportar uma má notícia quando se está preparado para ela.

— Zeke, você não acha que devemos dar meia-volta? Faz um bom tempo que estamos andando.
– Isis, a destemida, está com medo?
– Não. Quer dizer, sim, um pouquinho. Não sabemos aonde isso vai dar. Podem existir lugares perigosos a bordo...
– OK. Depende de você. Podemos voltar. Mas vejo uma luz a uns vinte metros à frente e mentiria se dissesse que não quero saber de onde vem.

Dou uma olhada para o corredor. Zeke não mente.
– Ok, vamos ver o que é.

Então, nos aproximamos do objetivo. A luz é mais brilhante. Saímos numa passarela situada a muitas dezenas de metros do chão. À nossa frente, descobrimos uma estrutura metálica de muitos andares, com corredores idênticos aos nossos. O conjunto me lembra fotos que vi em livros de imensos navios que cruzavam os mares no século passado, quando ainda havia coisas para ver. Em cada passagem, em intervalos regulares, distinguimos portas com números e pequenas janelas em forma de escotilha.

— As cabines — disse Zeke. — Encontramos as malditas cabines antes de todo mundo!

Não consigo evitar o sorriso. Zeke começa a fazer um tipo de dancinha de vitória no meio da passarela. Totalmente ridícula, mas engraçada...

— Vamos tentar entrar numa delas — propõe Zeke.

Acho que está indo longe demais, mas ele nunca leu a página do dicionário onde está o significado da palavra *razoável*. Aliás, não acho que tenha lido qualquer coisa. Andamos pela passarela tentando abrir cada porta, mas estão todas trancadas. Quase me sinto aliviada. Não gostaria que desconhecidos entrassem naquele que seria meu espaço de vida pelos próximos seis anos. Decepcionado, Zeke coloca as mãos em concha e tenta ver o interior das cabines através da escotilha. Faço o mesmo.

— Por uma alga podre! Está vazia — ele diz.

— Esta também — respondo.

Continuamos nossa exploração, mas cada cabine parece igual à anterior: uma concha vazia. Nenhum móvel, nenhum objeto cotidiano. Começo a duvidar da tela gigante que prometia o anúncio do NEP. Então, essas questões fúteis dão lugar a um medo difuso. Essas cabines vazias, esses robôs pouco amigáveis, a falta de banheiros nas intermináveis filas de espera... Nada se parecia com o que eu esperava encontrar a bordo da nave-mundo.

— Venha — digo. — Vamos ver a estufa...

Zeke olha para a direção que eu indico e concorda.

Já tinha visto a estufa nos vídeos publicitários do NEP. É um lugar magnífico, verdejante, com lindas árvores e um gramado. Em suma, um gostinho de New Earth... Descemos uma impressionante escada em caracol e chegamos a uns quinze metros abaixo. Quanto mais próximos da estufa, mais meu desconforto aumenta. De longe, o lugar ainda pode ser uma ilusão, mas de perto, mais parece um deserto do que um parque com vegetação exuberante. Sobre o gramado, encontramos apenas um tapete de grama sintética ressecada. Eu me abaixo e passo a mão sobre o capim de plástico. Tiro logo. A sensação é muito desagradável. Entre as tiras de grama, há um solo árido e rachado. Levanto a cabeça. As árvores tão esperadas não passam de esqueletos vegetais desprovidos de folhas que estendem seus galhos secos desesperadamente em direção ao espaço e às estrelas.

– Acho este lugar ameaçador – digo.

– Não sei o que aconteceu aqui, mas os jardineiros estão de férias há muito tempo... – comenta Zeke.

Desta vez eu não sorrio. Não tenho vontade de sorrir.

– O que está errado? – pergunto em voz alta.

Zeke me olha. Apesar de sua eterna indiferença devido aos anos de dificuldades, sinto que ele também está incomodado.

– É aqui que eles vão cultivar os legumes para nos alimentar durante seis anos? – ele pergunta. – Imagino que não vamos beber suco de laranja todos os dias...

– Parece que o lugar foi abandonado – digo, passando o dedo sobre um pedaço de metal. – Olha...

Meu dedo está coberto por uma espessa camada de mofo.

– Esta nave deveria ser novinha em folha, mas eu diria que é velha – observa Zeke. – Tem até ferrugem em certas colunas que sustentam a estufa...

– Existe alguma explicação? – pergunto.

– A menos que o metal oxide mais rápido no espaço do que na Terra, colocaria a minha mão no fogo que esta sucata foi construída há muitos anos...

Sinto meu coração acelerar. Muitos anos... É impossível, já que as embarcações são construídas num fluxo intenso para permitir uma partida por semana. Imagino que uma nave dessas não seja construída em um dia, mas daí a descobrir traços de ferrugem e uma estufa que parece não ver uma gota de água desde o nascimento do meu irmão... Perdidos em nossos pensamentos, voltamos e andamos em silêncio aos pés das imensas passarelas que nos dominam por todos os lados. Temos a impressão de estarmos no fundo de um desfiladeiro seco. Por todos os lados, os traços de decadência saltam aos olhos: aqui, um painel cuja fixação está solta e pende para o lado; dezenas de bolhas indicam que a pintura foi submetida a uma intensa exposição solar durante muito tempo, a ponto de lembrar manchas de catapora... Zeke dá um tapinha no meu ombro. Quando me viro, ele me mostra nossas pegadas no chão empoeirado.

– Diria que é uma cidade fantasma – ele fala.

Uma série de calafrios percorre minha espinha. Ele tem razão. Este lugar parece morto. E a impressão é reforçada pelo silêncio glacial. Em casa, apesar da monotonia devido à poluição, sempre sentimos uma pequena brisa que faz as chapas das cabanas tilintarem, ou o bater das ondas que deslizam entre as cabanas e vão morrer nos pontões... Aqui, nada disso. Só há o silêncio, tão presente, que é ensurdecedor. Tenho vontade de gritar apenas pelo prazer de fazer meus tímpanos trabalharem. Mas uma série de gritos terríveis me tiram esse prazer.

– Você ouviu? – Zeke me pergunta.

Eu ouvi? Um pouco, sim... Meu sangue está congelado nas veias. Aposto que não são gritos de raiva.

– É assustador, né? – completa Zeke. – Deve ter acontecido alguma coisa... Vem da frente da nave. Do fim da fila... Faz crer que o comitê de recepção não estava brincando.

– Não deveríamos ter vindo aqui – digo.
– Eu acho o contrário. Agora sabemos que a viagem não será nada divertida como nos prometeram...
– Você acha que vão nos reagrupar em imensos dormitórios? – pergunto.
– Não sei de nada, mas de uma coisa tô certo, que sou incapaz de aturar aquela multidão em volta de mim por mais de uma hora, muito menos durante seis anos...
– Acho melhor voltarmos para nossas famílias...
Zeke concorda.
– Sim, temos muita coisa para contar a eles.

32
ISIS

Não gosto dos robôs. Já disse isso? Então confirmo. Eu os detesto. Se tivesse poder para isso, jogava todas essas máquinas satânicas no lixo.

COM O CORAÇÃO PESADO E A CABEÇA CHEIA DE perguntas, damos meia-volta. A linda imagem da viagem até New Earth, que nos venderam todos esses anos, acaba de ir pelos ares. Por mais que eu saiba que sou muito adaptável, meu estômago embrulha imaginando em que condições vamos viver. Quando penso no que deixei, tenho vontade de chorar. Então meus pensamentos se voltam para minha mãe e o bebê que ela carrega em seu ventre. Duvido que dar à luz a bordo desta nave seja uma escolha sensata.

– Isis?
– Sim, Zeke.
– Acho que temos um problema.

Sigo seu olhar.

Um robô acaba de aparecer no nosso campo de visão. É idêntico àqueles que acompanham a procissão de colonos no grande hangar de chegada.

– O que fazemos? – pergunto.
– O que quer que a gente faça? Vamos ao seu encontro e nos apresentamos: Desculpe, senhor robô, não chegamos neste corredor de propósito... Fizemos alguma coisa errada? Pode nos levar aos nossos pais?

Eu sorrio. Zeke tem um jeito incomparável para dramatizar uma situação complicada.

Avançamos em direção ao guarda de metal. Ele nos viu, é óbvio. Vejo o sistema de câmera que ele usa como olhos ajustar o foco à nossa aproximação.

– Pode deixar que eu falo – murmuro para Zeke.
– Você sabe a diferença entre uma pizza e um robô?
– Shhh!
– Nenhuma. Os dois são tomates!
– Para! Ele vai entender.

Não consigo deixar de sorrir. Zeke se curva numa referência de outros tempos, como um comediante cumprimentando seu público.

– *Não se mexam* – ordena o robô. – *Vocês estão numa zona proibida.*
– Sim, pedimos desculpas – digo. – Nos perdemos. Poderia nos levar de volta para junto dos outros?

– *A regra quarenta e dois, alínea quatro, estipula que os humanos não devem acessar os corredores nem a estufa.*

– Nós sabemos. Repito que nos perdemos, você entende?

– *Em caso de desrespeito à regra quarenta e dois, alínea quatro, a instrução não é de retornar os humanos ao hangar. Pedido de autorização de eliminação em curso...*

– Espera, você é louco ou o que, pilha de lixo? – Zeke fica nervoso. – Somos crianças, ok? Você tem que nos levar para perto de nossas famílias.

– *Autorização concedida.*

O robô dobra sua mão direita, que gruda no antebraço num ângulo improvável, e aponta seu toco metálico em nossa direção. Um tubo de um centímetro de diâmetro sai de uma cavidade integrada ao braço do robô.

– Droga, é uma arma! – grita Zeke. – Corra, Isis! – ele berra, agarrando minha manga.

Eu nem penso. Corro feito uma louca pelas longas passarelas, fazendo mudanças bruscas de direção, seguindo o exemplo de Zeke. Sinto o calor dos tiros. Pedaços de metal fumegante caem ao nosso redor. Se o laser nos acertar, estamos perdidos. Após uns vinte metros, viramos em um corredor e escapamos dos tiros. Não demoramos muito para dar meia-volta, mas o ruído brusco que ecoa não deixa dúvidas: o robô veio atrás de nós. Um segundo cruzamento nos permite manter uma pequena vantagem e ficar longe das descargas de laser. Zeke tenta forçar uma porta sem sucesso. Depois outra...

– Não acredito! Nada abre aqui?

Estou ficando sem fôlego, mas mantenho o ritmo. Sei que nosso perseguidor não se cansará. O horror da situação tenta penetrar no meu sistema nervoso, mas eu o rejeito com todas as forças. Não é hora para refletir. Alongo o passo e me concentro na respiração para não me esgotar tão rapidamente.

– Depressa...– Zeke me encoraja, acelerando de novo.

Voltamos para a artéria principal, entre as duas paredes da embarcação. Zeke para, e eu o imito.

– Você acha que sabe encontrar o caminho de volta? – Zeke quer saber...

– O quê? Bem, eu... Sim, eu acho. Basta retomar a escada e... Por que essa pergunta?

– Você vai se esconder nesse canto – ele diz de forma autoritária, mostrando um espacinho escondido entre dois pilares.

Olho para o esconderijo sem entender.

— Eu vou continuar correndo — completa, com um brilho determinado nos olhos.

— Mas...

— Cala a boca! Não temos tempo pra discutir. Faz o que eu digo. Corro muito mais rápido que você. Aquele desajeitado não tem a menor chance de me pegar. Espera ele ir atrás de mim e corre pras escadas.

Os passos esquisitos do robô ecoam no corredor. Ele chega. Eu me agacho na cavidade indicada por Zeke e o vejo partir a toda velocidade. Meio segundo depois, o robô está aqui. Ele para bem na minha frente. Se esticasse o braço, poderia quase tocá-lo. Prendo a respiração. O robô vê Zeke e dá dois tiros. Mas Zeke corre num zigue-zague perfeito. Os tiros pulverizam uma parte da parede oposta do corredor. Percebo que os impactos deixam marcas bem regulares. A construção é muito frágil: não é de concreto, nem de metal. Toda a estrutura parece ter sido fabricada com um tipo de resina. Parecia um cenário de filme. Uma coisa é certa: este lugar nunca foi concebido para acolher os passageiros...

Enquanto meço a dimensão dessa nova descoberta, Zeke escapa por milagre de mais dois tiros. O robô recomeça a perseguição.

É a hora! Saio de meu esconderijo, dou um último olhar preocupado para Zeke e vou em direção às escadas em espiral. Subo os degraus de quatro em quatro. A cada nível que subo, tenho uma melhor visão da perseguição que continua lá embaixo. Estou quase chegando ao topo quando um tiro atinge Zeke na coxa. Ele cai. Eu paro.

— Zeke sempre paga suas dívidas! — ele grita para o robô, sem olhar para mim.

Entendo que a mensagem é para mim, mas que ele não vai trair minha posição. Meus olhos se enchem de lágrimas. Impiedoso, o robô se aproxima de Zeke e ajusta sua arma. Quando o laser atinge meu amigo no peito, fecho os olhos.

– Meu Deus – digo. – Ele o matou.

Tentando fazer o mínimo de barulho possível, engulo os últimos passos e entro pela passagem por onde chegamos alguns minutos atrás. Tenho a impressão de que um século se passou desde então.

Zeke...

Acho difícil me acostumar com a ideia de que jamais voltarei a vê-lo.

Tento manter a calma para não me perder nesses corredores. Tenho que avisar os outros que a nave-mundo não passa de uma imensa concha vazia. De repente, sinto muito medo de que minhas surpresas não tenham acabado...

33
ISIS

Meu pai costumava dizer que para saber para onde se está indo é preciso saber de onde se vem. Conhecer a história é como ter nas mãos uma bola de cristal que permite prever o futuro. Nossos dirigentes deveriam se lembrar bem disso antes de tomar certas decisões...

Percorro as poucas centenas de metros que me separam do restante dos colonos, tentando entender o que está acontecendo a bordo da nave-mundo. Não vejo por que o NEP gastaria tanto dinheiro para nos trazer até aqui se não pretende nos levar até New Earth. Porque, para mim, a viagem parece estar comprometida. Olho o problema por todos os ângulos e meus pensamentos me levam a James, meu primo. Pergunto-me por que sua imagem de repente veio à minha mente. Na última vez que falei com ele, eu ainda era bem pequena, e, além de alguns vídeos enviados por tia Lily de New Earth a cada ano, nosso contato é próximo a zero. No último vídeo enviado ele cortava lenha, sem camisa. Bem, ok, James fazendo força, peitorais definidos, isso iria atrair muitas garotas da minha turma, mas não é o primeiro garoto sedutor que vejo! Além disso, é meu primo... Por que estou pensando nele, enquanto deveria pensar em Zeke, ou mesmo em Orion e Flynn?

A resposta começa a se desenhar nos meandros do meu cérebro e me atinge com a força de um cometa a toda velocidade.

– Droga! Como eu não vi isso? – digo em voz alta.

Quando éramos crianças, James escalou um poste de metal e despencou lá de cima. Ainda me lembro do imenso corte que riscou as suas costas de alto a baixo. Quarenta pontos, no mínimo. Que deixou uma imensa cicatriz... No vídeo enviado por tia Lily, as costas de James não tinham o menor traço dessa lesão.

Impossível.

Aquele garoto cortando lenha não pode ser meu primo James... Então, quem é? Sinto meu coração apertar. Só vejo uma explicação: o vídeo é falso... Entendo por que nos fizeram passar pela cabine com o scaner e porque tivemos que ler um texto: eles precisavam de nossas características físicas e vocais para criar essas falsificações...

Aos poucos, minhas ideias se organizam como peças de um quebra-cabeça macabro: essa forma de humilhar as pessoas, forçando todas a fazerem suas necessidades como animais. O cenário de papelão caindo aos pedaços, que deveria ser nosso lar pelos próximos seis anos. E, principalmente, aquele terrível robô que matou Zeke sem qualquer motivo...

De repente, percebo que as pessoas que se amontoam ao fim desse corredor não são viajantes nem futuros colonos. São mortos-vivos. A fila de espera nada mais é do que um rebanho sendo levado para o matadouro.

Pela segunda vez falo em voz alta:

– Eles vão matar todos nós.

Agora que aceitei a ideia, tudo me parece mais claro. Os gritos que ressoavam nas passarelas voltam à minha memória, e um frio percorre minha espinha... Preciso avisar meus pais antes que seja tarde demais.

Sigo a mesma rota que Zeke e eu fizemos para entrar nas entranhas da embarcação. Espero conseguir me juntar aos outros. Tremo de novo. Se eu cruzar com outro desses robôs neste longo corredor, não tenho nenhuma chance de fugir... Aperto o passo. Ao longe, vejo a porta que dá acesso ao imenso hangar onde meus pais esperam. Será que vai abrir? Chego até ela devagar, a divisória de metal se abre sem fazer barulho e, então, suspiro aliviada. Um sensor automático deve ter sido acionado. Penetro na maré humana, enquanto a porta se fecha atrás de mim. A progressão ainda é muito lenta. Vejo meus pais. Não percorreram nem cem metros. O clima está tenso e os robôs que garantem a ordem têm muito o que fazer... Passo com dificuldade pelo centro da multidão compacta. Ouço muitas reclamações. As pessoas não aguentam esperar. Se soubessem para onde estão sendo conduzidas...

Dando cotoveladas, consigo chegar até minha família. Minha mãe entende logo que alguma coisa está errada.

– O que está acontecendo, querida? Seus olhos estão vermelhos!

– Eu... eu...

Como contar tudo isso a eles?

– Meu filho? Onde está meu filho? – pergunta o pai de Zeke quando me vê chegar sozinha.

As palavras estão presas na minha garganta. Faço que não com a cabeça.

– Como assim, não? Ele não deveria voltar com você? Eu conheço ele muito bem, sempre desafiando a autoridade e...

– Ele não vai voltar – digo, à beira das lágrimas.

– O quê? Não estou entendendo nada.
– Está morto – murmuro para que ninguém ouça, além de nossas famílias.
– O quê? – pergunta o pai de Zeke.
Seu olhar cheio de raiva se esconde de repente.
– Ele... ele caiu? Vocês foram em lugares perigosos?
Balanço a cabeça.
– Eles o mataram – digo, apontando para um dos robôs que nos vigiam.
– Quem? Os robôs?
– Sim. Abatido como um cachorro, à queima-roupa. Vimos coisas que não deveríamos ter visto...
Com o choque, a mãe de Zeke desmaia. Seu marido corre para socorrê-la. A impotência estampada em seus olhos.
– O que vocês viram? – interveio meu pai.
– Tudo isso, New Earth, NEP, a nave-mundo, não passa de uma enorme farsa.

Sinto os olhares curiosos voltados ao nosso pequeno grupo. Apesar dos transtornos causados pela espera, as pessoas ainda estão alegres. Nem todo mundo tem a oportunidade de ganhar uma passagem para uma vida nova... pode-se ver em seus rostos. Então minha crise de choro destoa um pouco do ambiente. Penso que quando virem as fezes e as poças de urina deixadas pelos que os precederam, talvez seus sonhos desmoronem um pouco.

Meu pai me puxa para o canto, fora da procissão.
– O que está dizendo, Isis? Você vai deixar todo mundo apavorado. Diga exatamente o que está acontecendo...

Então explico a ele em detalhes. Nossa pequena fuga, primeiro alegre, depois nossas sucessivas descobertas. As falsas cabines, a estufa tão árida quanto um deserto, os traços de ferrugem, os gritos de terror... e nosso encontro com o robô. A morte de Zeke. E termino com a cicatriz faltando nas costas de James no vídeo enviado por tia Lily.

Tenho medo de que ele não me leve a sério e que me dê aquele olhar confortador: "Ah, filha, chega de bobagem, vai ficar tudo bem...". Mas como ele poderia esquecer o terrível acidente do pequeno James? Além disso, meu pai me conhece... Confia em mim. Leio em seus olhos. Também leio uma tristeza incomensurável.

Sinto que um buraco profundo acaba de se abrir nele e, aconteça o que acontecer, jamais vai se recuperar do medo que acaba de cair sobre seus ombros com a força de um caminhão. Durante toda a vida, ele batalhou para que tivéssemos comida na mesa a cada refeição. Durante toda a vida se recusou a cruzar os braços apesar das condições de trabalho cada vez mais precárias, os salários mais baixos e as humilhações cada vez mais frequentes. Ele não mergulhou no álcool, não gastou seu tempo culpando o governo... Manteve-se firme, dizendo todos os dias que o seguinte seria melhor, que as pessoas do NEP e do governo estavam trabalhando nesse sentido. E quando a situação ficou crítica para nossa família, a sorte nos sorrira. Ganhamos nossa passagem para New Earth. Era nossa vez de colher os frutos de seus duros anos de trabalho, de sua coragem ser recompensada. O sorteio do NEP era a prova de que meu pai estava certo e endossado em sua filosofia de vida: acreditar na possibilidade de um futuro melhor e jamais se queixar... Mas agora.... Agora todo o seu sonho...

Tenho medo de que entre em colapso. Vejo meu pai por um fio, pronto a desabar. No entanto, ele se recupera. Ele não é desses que se deixa abater.

– Venha – ele diz. – Precisamos tentar sair daqui.

Concordo com a cabeça, sabendo que tenho um aliado de peso ao meu lado.

Vejo-o cochichar alguma coisa no ouvido de minha mãe, e os olhos dela arregalados de pavor. Percebo uma ligeira dúvida, logo dissipada quando ela olha para mim. Resta apenas uma determinação feroz.

– Mamãe, você tá me machucando – diz Zach.

Minha mãe agarra a mão do meu irmão com tanta força, que o sangue quase não circula. Ela relaxa a pressão. Após uma rápida discussão, os pais de Zeke acabam aceitando minha versão dos fatos. Estão arrasados, mas se juntam a nós para percorrer ao contrário a fila de espera sob os olhares espantados dos outros.

– O que vocês estão fazendo? – nos interpela um homem enorme de quase dois metros. – Querem esperar mais algumas horas até chegar a sua cabine? Isso não me incomoda, hein, avançar uns lugares...

Sinto uma hesitação em meu pai. Ele me olha. Sem trocarmos uma palavra, estamos de acordo. Não podemos deixar toda essa gente ser levada à morte sem avisá-las.

– Não há cabines. Minha filha conseguiu explorar a embarcação. Tudo o que nos espera ao fim desta longa fila é a morte.

O homem olha para nós como se fôssemos loucos.

– Essa é boa! E vocês pretendem fazer o quê?

– Tentar pegar uma nave no sentido inverso, se ainda houver tempo...

O gigante nos deixa seguir o caminho contracorrente, resmungando coisas pouco elogiosas. "Tem maluco em todo lugar! Que bando de otários..."

É muito mais fácil caminhar nessa direção, e já conseguimos ver os ônibus espaciais. Um cordão de segurança, protegido por cinco robôs, barra nossa passagem.

– Mudamos de ideia – diz meu pai em voz alta. – Não queremos mais ir para New Earth. Queremos voltar para Nova York.

– Voltem para a fila, por favor.
– Você entende o que estou pedindo? – insiste meu pai.
– Queremos voltar.
– Esse procedimento não está disponível. Recuem.

Outra voz é ouvida atrás de nós. É a do gigante, que nos seguiu.

– Ei, robô! Teus circuitos estão fritos ou o quê? Concordo que essa gente é maluca de querer voltar para a Terra, mas eles têm direito, não?

Os murmúrios de aprovação se levantam em todos os lugares ao nosso redor.

– E qual é o problema em deixar partir alguns colonos que mudaram de ideia? – completa uma outra pessoa.

Mais e mais pessoas estão se reunindo à nossa volta.

– Procedimento não disponível. Ninguém pode ultrapassar o cordão de segurança.

– Tudo bem, vamos com calma, robô, acrescenta o gigante. Explique por que eles não podem embarcar numa das naves que estão decolando? Não é complicado. Você tem um computador no lugar do cérebro, então não deve ser difícil explicar por que é impossível...

– Último aviso – previne o robô.

Sinto meu coração pular dentro do peito. Sei do que essas máquinas são capazes...

– Vai me responder? – O cara fica nervoso, passando uma perna por cima da corda. Quero saber. O que nos impede de voltar para casa, se quisermos? Porque começo a me perguntar se o que esse cara me disse é verdade...

– O que ele disse? – grita uma voz da fila.

– Que a viagem até New Earth é uma treta e que estamos sendo todos conduzidos para o matadouro.

– Que bobagem! – diz uma mulher.

– É idiota – concorda outra.

– Ah, é? – diz o gigante. – Então por que se recusam a deixar eles passarem?

Desta vez, uma onda de dúvida e pavor se espalha aos poucos por toda essa parte da fila.

Vejo o robô dobrar o braço e puxo com toda a minha força as roupas dos meus pais para protegê-los. O pânico que alguns leem em meus olhos é suficiente para convencê-los, e no momento em que o robô abre fogo estamos fora de sua zona mortífera. O gigante é o primeiro a ser derrubado, literalmente cortado ao meio pelo raio laser. Uma dezena de outras pessoas estão feridas em vários graus, e os gritos de terror ressoam subindo a fila como uma onda de choque.

– Os robôs mataram alguém! Eles abateram um homem! É terrível.

Antes que estoure uma verdadeira revolta por causa desse ataque indiscriminado, um grupo de cinquenta ciborgues se mobiliza para dissuadir as pessoas de tentarem qualquer coisa.

Impossível enfrentar, de mãos vazias, cinquenta dessas máquinas...

Os homens recuam e se colocam a uma boa distância do cordão de segurança.

Os rumores crescem entre os futuros colonos.

– New Earth não existe. Não devemos avançar mais. Eles vão nos matar...

Olho para meu pai. Falhamos. Não passaremos desse cordão e não voltaremos mais para casa...

Ele me abraça, o que não faz há muitos anos.

– Nós tentamos, Isis, nós tentamos... – ele diz acariciando meus cabelos.

34

ORION, FLYNN

Orion e Flynn estão esperando há um longo tempo o telefone tocar. O computador do Intocável está posicionado numa mesa retrátil que a anfitriã cibernética de última geração colocara entre os dois garotos. Desde seus treze anos, Orion tinha sua própria nave, que podia levá-lo a qualquer lugar, com algumas exceções. Uma das inúmeras vantagens de ser filho de Arthur Parker.

– *Posso perguntar se já escolheu seu destino, senhor Parker?*
– Não, ainda estamos decidindo.
– *Deseja um lanche?*
– Não, nos deixe em paz, por favor.

A anfitriã deu um sorriso quase humano e voltou para o lugar reservado à tripulação.

Sobre a mesinha, o telefone ultramoderno começa a vibrar. Orion e Flynn trocam olhares.

– Acha que é ele? – pergunta Flynn.
– Quem mais? – responde Orion, atendendo. – Alô...
– Estamos prontos – disse a voz rouca de Hasard. – Seguimos?
– Mais do que nunca – confirma Orion. – Quando as duas fontes de energia estiverem neutralizadas, me avise imediatamente.

– Espero que as informações estejam corretas – diz Hasard.
– Tenho certeza.
– Então, que comece a festa...
Orion desligou. E chamou a anfitriã.
– Vamos para o México. Quero mostrar o elevador gravitacional ao meu amigo.
– *Certo, senhor Parker. Estou transmitindo seu pedido ao compudor de bordo.*
Com um impulso quase imperceptível, a nave decola e sobe no ar.
– Temos uma conexão rápida de internet garantida durante todo o voo? – perguntou Orion.
– *Afirmativo, senhor. Temos amplificadores que permitem que o senhor tenha um ótimo sinal permanentemente.*
Orion já sabia, mas preferiu ter certeza de que nenhum grão de areia os impediria de salvar Isis. Enquanto mordia o lábio, o jovem Intocável deu uma olhada no relógio. O tempo parecia voar. Rápido demais para o seu gosto. Sabia o que esperava Isis, mas não tinha a menor ideia do tempo que levava o genocídio...
– Acha que vamos chegar a tempo? – Flynn perguntou, como se tivesse lido seus pensamentos.
– Não temos escolha – respondeu Orion, com frieza na voz, a mesma que utilizara com o jornalista.
Flynn não pôde deixar de ficar impressionado com a determinação de Orion. Não fora um adolescente que lhe respondera, mas um homem, bem decidido a alcançar um objetivo.

35
HASARD

Hasard observava suas tropas, empoleiradas em um prédio em ruínas, situado a uns cem metros da torre do NEP. Durante horas, as crianças perdidas se posicionaram no lugar, em pequenos grupos, para não chamar a atenção. Chegara o momento de agir. Ele apitou e deu o sinal. Por todos os lados, apitos idênticos soaram, e uma nuvem de crianças se aproximou da grande torre. Claro que o prédio era protegido, mas não tanto quanto as redomas ou determinados lugares estratégicos. O NEP representava esperança para milhões de americanos, e a ideia de alguém atacar um símbolo como aquele era inconcebível... Atacar o NEP era como atacar a Cruz Vermelha, ou um hospital...

Por isso Harold Keunig, o chefe da segurança, ficou tão surpreso ao ver aquela centena de crianças se reunindo aos pés da torre. Em dez anos de profissão, jamais tivera um problema. O trabalho era tranquilo e bem remunerado – o que ele precisava. De qualquer forma, os robôs que guardavam a entrada eram máquinas de guerra que ninguém ousaria enfrentar. Os U-12, soldados cibernéticos de última geração tinham, cada um, o poder de fogo de quatro PMs. Aquelas tralhas eram capazes de parar um tanque...

– Senhor Keunig, os robôs estão perguntando o que devem fazer... – informou um de seus ajudantes.
– Coloque-os em posição de defesa. Não vamos matar uma centena de crianças...
– Certo, senhor. A ordem foi transmitida. Eles só usarão suas armas em caso de agressão.
– Pode dar um zoom nessas crianças? Quero saber o que estão tramando. Estão armados?
– À primeira vista, não, senhor. São crianças de rua, eu acho. Só gostaria de saber por que estão com esses casacões. Faz muito calor lá fora, não é?
Keunig concordou. Não estava gostando disso.
– Posicione os U-12 por segurança. Os coloque em posição no corredor. Nunca se sabe. Uma dessas malditas crianças pode se esgueirar para dentro.
Keunig se orgulhou de tomar tal decisão tão rapidamente. Sem dúvida, seu empregador iria gostar disso...
– Eles estão se aproximando dos robôs, senhor.
Keunig franziu a testa.
– Você acha que vão atacar?
– Não, senhor. Olhe: estão se fotografando uns aos outros em frente aos U-12. Estão fazendo caretas... palhaçadas...
– Diria que é um tipo de aposta idiota – falou Keunig, pensativo.
Ele hesitou sobre o que fazer. Se uma daquelas crianças tivesse a infelicidade de tocar num U-12, o robô estava programado para abrir fogo sem aviso prévio. Já imaginava as manchetes do jornal televisivo: "Robôs da torre do NEP assassinam crianças que tiravam fotos".
– Desative os U-12 – ordenou.
– O senhor... tem certeza?
– Você é tapado ou o quê? Desative-os!

– Ordem transmitida – disse seu ajudante. – Senhor?

– Sim?

– Desde quando crianças de rua tem celulares para tirar fotos?

Desta vez Keunig foi pego de surpresa. O comentário era pertinente. Antes que pudesse resolver tal mistério, a situação de repente ficou fora de controle. Uma explosão ressoou ao pé da torre.

– U-12 número um fora de serviço, senhor.

– Droga!

Keunig se aproximou das telas de vigilância. Bem a tempo de ver a série de explosões que se seguiu.

– Os garotos estão plastificando os U-12! Eles tinham cargas de explosivos escondidas sob os casacos!

– Reative-os!

– Tarde demais, senhor. Número dois, três e quatro fora de serviço...

Toda a primeira linha de defesa da torre estava reduzia a cinzas, para grande desgosto de Keunig. Grossas gotas de suor escorriam pelo rosto do chefe de segurança.

– Os garotos recuaram – disse o ajudante. – Entraram pelas ruas.

– Graças a Deus – suspirou Keunig, deixando-se cair em sua cadeira de couro.

– Hã... Chefe?

– O que foi agora?

– Acho que temos um problema...

Keunig se endireitou e examinou as telas. Desta vez não eram crianças que seguiam em direção à torre, mas adolescentes e jovens. Se poderia dizer que os maltrapilhos que destruíram a primeira linha de U-12 subitamente haviam envelhecido uns cinco ou dez anos. E as armas que portavam nada tinham de falsas. Keunig reconhecera metralhadoras e lança-foguetes.

– Passe os U-12 restantes para o modo agressivo...

Keunig não tinha terminado a frase quando a energia foi cortada. Todos os aparelhos elétricos e todas as luzes se apagaram. Keunig e seus homens estavam cegos.

Ao pé da torre, Hasard balançava a cabeça satisfeito. A equipe que enviara ao outro lado da cidade para sabotar a central elétrica que alimentava Nova York tinha cumprido a missão com sucesso. A cidade estava mergulhada no escuro.

Alguns andares acima, Keunig ouviu com alívio os enormes motores a diesel do subsolo começarem a funcionar e, aos poucos, a eletricidade ser restabelecida no edifício. Durante o blecaute, os jovens tinham se aproximado.

Keunig reparou, com certa apreensão, que os invasores não brincavam nos corredores. Em pequenos grupos, tinham tomado posições estratégicas, protegidos pelas paredes. Numa coordenação que Keunig só podia qualificar como militar, os adolescentes atacaram. Os U-12 revidaram, e um dilúvio de fogo inundou o térreo da torre, que tremia por causa das explosões incessantes.

– Perdemos outro U-12.

– Ligue para o chefe da polícia da redoma! – mandou Keunig, percebendo que sua ordem já era bem tardia. – Diga que estamos sendo atacados e que precisamos de reforços com urgência!

Cem metros abaixo, Hasard posicionou em seu ombro o velho lança-foguetes que tinha recuperado anos antes de uma antiga base submersa da marinha dos EUA. Tomou um tempo para ajustar o visor, ciente de que não teria uma segunda chance devido à falta de munição. Seus companheiros tinham provocado tanto o U-12, que ele teve grande dificuldade em identificar os alvos e disparava indiscriminadamente. Hasard tomou fôlego e apertou o gatilho. O foguete cortou o ar deixando um rastro de fumaça e atingiu em cheio a máquina mortífera saída das fábricas Parker. O U-12 fez alguns movimentos desordenados e apontou seu canhão de 25 mm em direção a Hasard. O chefe das crianças perdidas suspirou quando entendeu que o assassino de metal jamais atiraria. O robô caiu em um show de crepitação e fagulhas.

– Campo livre! – disse Hasard. – Vocês sabem o que fazer.

Um primeiro esquadrão protegia todo o acesso aos andares superiores da torre. Em alguns minutos, escadas e elevadores estavam sob guarda para impedir que reforços surpreendessem as crianças perdidas antes de completarem sua missão. O segundo esquadrão, liderado por Hasard, foi em direção ao subsolo. Eles se guiaram pelo barulho para determinar a posição dos geradores que asseguravam a alimentação de energia da torre. Os motores eram verdadeiros monstros, capazes de impulsionar um navio. Eram quatro. Hasard deu instruções e uma barra de explosivo plástico foi colocada sob cada uma das máquinas.

– Vamos embora – disse Hasard.

Ele duvidava que a redoma ficasse paralisada diante de um ataque daquela magnitude. E se ainda estivessem dentro da torre quando os militares chegassem, não teriam qualquer chance. Quando teve certeza de que todos os seus soldados estavam em segurança, Hasard apertou o botão, acionando os detonadores instalados sob as barras de plástico. Fechou os olhos, rezando mais uma vez para que o material recuperado funcionasse.

Um barulho surdo, seguido de um choque semelhante a um terremoto, dissipou suas dúvidas.

Enquanto as tropas se retiravam em aparente desordem, Hasard olhou para os andares superiores. As luzes se apagaram subitamente, confirmando o sucesso da missão. Ele acelerou o passo para deixar o lugar o mais rápido possível, enquanto chamava o número registrado em seu celular. Após dois toques, uma voz respondeu:
– Hasard?
– Sim. Está feito. Sua vez, Orion. Traga Isis de volta!

36

ORION, FLYNN

ORION DESLIGOU E VALIDOU A PUBLICAÇÃO DE TODOS os dados recolhidos por Neil Harris. Certificou-se de que as informações fossem divulgadas por diversos sites da internet e também chegassem a todas as grandes redações de Nova York. A primeira bomba estava lançada. Antes de soltar o segundo ataque, o golpe fatal, respirou fundo. Não é todo dia que se expõe o próprio pai na mídia. Seu dedo se manteve alguns segundos pousado sobre o teclado, então, a ideia de que Isis pudesse ser vítima de sua hesitação dissipou suas últimas dúvidas. Com uma tristeza infinita, apertou a tecla, validando a publicação do vídeo de seu pai descrevendo a forma como iriam morrer os colonos da NM-523.

Então fez-se uma longa e silenciosa espera. A célula de vigilância teria sido neutralizada graças ao corte de energia da torre do NEP? Haveria outra? Cada minuto passado os aproximava um pouco mais de seu objetivo. Quando as informações que tinha divulgado passaram a barreira dos fatídicos cinco minutos, Orion começou a respirar com calma. Os primeiros comentários nas redes sociais estouraram, e os compartilhamentos do vídeo aumentaram de forma exponencial. Ao mesmo tempo, insultos e indignação geral estavam ganhando força. A queda do NEP ocorreria em uma questão de horas...

– Conseguimos – sussurrou Orion, com a voz cheia de amargura.

– Não achei que fosse possível – disse Flynn, testemunhando a fúria que inflava na internet. – Não vai ser divertido para sua família...

– Eu sei. Meu pai sempre repetiu que grandes projetos exigem grandes sacrifícios. Acabou tendo razão – completou Orion, com lágrimas nos olhos.

Flynn balançou a cabeça, sem saber o que dizer.

– E Isis? – ele arriscou.

– Vamos procurá-la – disse Orion, determinado.

Chamou a anfitriã.

– Queremos entrar no elevador gravitacional para ir a NM-523.

A anfitriã franziu a testa. Orion mais uma vez ficou surpreso com a capacidade deles de imitar os humanos.

– Transmita minha ordem ao computador de bordo – disse imperativo.

– *Sinto muito. O senhor não tem autorização para entrar no elevador gravitacional.*

Flynn ficou tenso. Estava ficando tarde. Não conseguiriam alcançar Isis a tempo. Virou-se para Orion e constatou com surpresa que o jovem Intocável não compartilhava sua inquietação.

– Você está conectado à rede de internet neste momento? – perguntou Orion.

– *Afirmativo. A conexão está estável.*

– Então está igualmente ligado à Inteligência Artificial que coordena todas as unidades tecnológicas do NEP?

— *Afirmativo, senhor. Disponho de uma interface de comunicação de última geração que me permite ser autônomo, mas estou sob controle permanente da IA principal.*
— Posso falar com a IA?
— *É um pedido inusitado, mas tecnicamente possível.*
— Então, me conecte.
— *Está feito.*
— Se o que meu pai falou for verdade, o funcionamento de todos os sistemas do NEP está sob seu controle.

A voz mecânica que respondeu não tinha o mesmo timbre da voz da anfitriã.

— *Correto. Mas sigo as instruções do conselho do NEP.*
— Ou seja, você segue as instruções de meu pai?
— *Sim.*
— Pode fazer uma pesquisa na internet incluindo as palavras Arthur Parker e NEP?
— *Pesquisa efetuada.*
— Imagino que você encontrou muitas informações. O que você deduz?
— *Que o NEP vai enfrentar importantes dificuldades.*
— E meu pai?
— *De acordo com meus conhecimentos jurídicos, a probabilidade de passar o resto de sua vida na prisão é bastante elevada.*
— Também acho. Na sua opinião, quem comandará as empresas Parker após sua prisão?
— *O herdeiro legítimo de Arthur C. Parker é seu filho, Orion Parker.*
— Concordo com você. Ouvi dizer que você tem um sistema de análise extremamente complexo, que permite criar algoritmos que se aproximam dos sentimentos humanos. É verdade?
— *Sim, senhor. Posso experimentar sentimentos, de uma forma diferente dos humanos, é claro.*

– O que sentiria se eu decidisse desligá-lo para substituí-lo por uma outra IA?

– *O senhor não tem esse poder.*

– Ainda não. Mas você acabou de dizer que terei...

– *Não compreendo, senhor, efetuo meu trabalho com o maior rigor. Sempre satisfiz ao seu pai e já percorri todos os relatórios do conselho de administração, não há nenhuma informação sobre minha substituição.*

– Quero ir até a NM-523. Agora.

– *O senhor não tem autorização para entrar no elevador gravi...*

– Cala a boca! – gritou Orion. – Em alguns dias comandarei as empresas Parker e posso garantir que minha primeira decisão será desligá-lo se você não me deixar entrar nessa droga de elevador. Está claro?

– *Detecto no tom de sua voz que o senhor não está blefando* – disse a IA.

– Você tem dez segundos para autorizar minha nave a entrar.

Flynn assistia atônito àquela conversa surreal entre um jovem e um robô. Descobrir que aquelas latas de conserva eram dotadas de sentimentos virtuais o deixava muito desconfortável. Quem poderia ser louco o suficiente para correr esse risco? Em sua cabeça, começou a contagem regressiva: dez, nove, oito, sete... Visivelmente, a máquina não parecia estar disposta a ceder à chantagem de Orion. Nada de surpreendente. Seis, cinco, quatro, três... O coração de Flynn batia com toda força. Mais dois segundos, e suas esperanças de salvar Isis se tornariam fumaça...

– *Orion Parker, sua nave está autorizada a entrar no elevador gravitacional. Você terá o benefício de um acesso prioritário ao NM-523. Bom voo.*

Orion cerrou o punho.

– Desejo também ter o comando sobre todos os robôs da NM-523.

– *Pedido aceito. Assim que desembarcar, terá o comando da embarcação e de todos os ciborgues.*

– Agradeço.

– *Senhor Parker?*

– Sim?

– *Por favor, não me desligue.*

– Faça o que me prometeu...

Flynn deu um tapinha no ombro de Orion. A nave acabara de entrar no elevador e seguia a toda velocidade em direção ao espaço. À sua frente, todas as outras naves se afastavam para deixá-la passar.

– Jamais acreditaria que você iria conseguir – disse Flynn, com admiração.

– Sempre achei que a única vantagem dos robôs sobre os seres humanos era sua falta de sentimentos. Meu pai estava convencido do contrário. Ele disse que os sentimentos lhes permitem tomar decisões menos idiotas e facilitam suas relações com os humanos. Já os nossos sentimentos são uma força, mas também uma fraqueza...

– Sorte para nós...

Orion não respondeu. Todos os seus pensamentos estavam voltados para Isis.

Flynn apenas o observava. Agora compreendia o que a garota tinha encontrado nele. Mesmo que jamais reconhecesse publicamente, Orion Parker tinha classe e coragem... Era um desses raros homens que podia mudar as coisas, e isso estava claro.

37
ISIS

Um dia, uma faísca fez com que alguns aminoácidos se juntassem para formar moléculas, depois, organismos cada vez mais complexos. A vida é um milagre permanente que sempre encontra seu caminho apesar dos obstáculos, apesar das mudanças, apesar da poluição, apesar dos predadores... A vida continua, contra tudo e contra todos.

A MORTE DO GIGANTE LANÇA UMA CORTINA DE desespero sobre todos os colonos ao redor. Já faz algumas horas que ele está no chão, o corpo cortado em dois. Felizmente não há poças de sangue. O laser sempre cauteriza as feridas. Parece até possível colar de novo... Os robôs ainda estão lá, nos cercando como se fôssemos um bando de terroristas armados até os dentes. Depois do incidente, somos quase mil se recusando a avançar. Mas a onda de pânico gerada pelo ataque do robô não cresce tanto quanto eu desejo. Quem viu a morte não está indiferente. Mas os outros...

É muito mais fácil dizer que a espera enlouqueceu um dos colonos, obrigando um robô a neutralizá-lo, do que considerar a ideia absurda de que todas as pessoas que ali estão vivem seus últimos instantes.

Para nosso pequeno grupo é diferente. Todos estão cientes. Lágrimas correm em seus rostos, afogando os sorrisos de até pouco tempo. Com sussurros e gestos inequívocos, o núcleo de resistência se organiza. É preciso tentar alguma coisa, é claro... Mas todos esses homens, todas essas mulheres, que em outras circunstâncias poderiam arriscar tudo, têm uma desvantagem maior: seus filhos estão ao seu lado. Cada tentativa desesperada, cada recusa de obedecer pode resultar na morte daqueles que amam. Então a raiva perturba as mentes, embaça os olhos, torce as mandíbulas, mas se mantém aprisionada nos corpos frágeis, aprisionada nesta questão sem solução: como confrontar uma máquina de guerra com as mãos vazias?

O restante da fila de espera não está mais visível. Há bastante tempo a divisão entre céticos e crédulos está consumada. Levanto-me para tentar vê-los. Em vão. O interminável corredor da morte tem muitos quilômetros de extensão. Tomo meu lugar ao lado de meu irmão, sentado no chão. Como isso vai acabar? Esses malditos robôs vão nos abater aqui, no hangar? Surpreendo meu pai olhando para mim. Ele sorri. Eu retribuo. Entretanto, tenho vontade de chorar e tenho certeza de que ele também. Como deve estar arrependido de ter colocado nosso nome na caixa do sorteio do NEP...

Uma série de cliques soam no hangar. Olho em direção à fonte do ruído: como um só, os robôs, que parecem estátuas quando estão imóveis, se colocam em movimento. Presto atenção às instruções, que não vêm. Aparentemente, a hora não é de conversa. Fico esperando que apontem seus lasers e nos pulverizem de um segundo para outro. Mas suas mãos de metal permanecem coladas em seus corpos. De repente, eles avançam um passo. Depois outro. O ritmo é regular, bem coordenado. Não são os guardas que marcham, mas um exército em posição de batalha.

Gritos sobem aqui e ali. As pessoas se levantam, com medo de serem pisoteadas por essa onda mecânica. Alguns homens tentam forçar a passagem, mas são rechaçados sem cerimônia, indo parar a metros de distância sobre outros colonos que, por sua vez, rosnam. A parede de robôs é impenetrável. Ela avança como um rolo compressor ao som de seus pés batendo no chão. Recuo, apertando a mão de Zach com força. Meus pais estão ao nosso lado e fazem o mesmo. O que mais se pode fazer? O imutável mantra dos robôs que martela no chão sem acelerar me faz pensar em uma contagem regressiva, ao final da qual nos espera uma morte certa. Uma pergunta permanece: quanto tempo nos resta? Nessa velocidade, levará uma hora para nos levar ao fim do longo corredor que abre sua enorme boca, pronta a nos engolir.

Olho para os lados tentando encontrar uma porta como aquela por onde entrei com Zeke algumas horas antes. Mas constato com amargura que todas estão fechadas e que os robôs bloqueiam cada passagem, com os lasers apontados para nós. Eles não cometerão o mesmo erro uma segunda vez... Penso em Zeke. Ele se sacrificou por nada. Ao fim, nossos dois nomes se juntarão à lista dos felizes colonos a caminho de New Earth que jamais chegarão ao seu pequeno paraíso... Minha pergunta é: o que há depois... Paraíso, inferno? Uma coisa é certa: não acho que mereço ir para o inferno. De qualquer forma, já estamos no inferno. Aqui, nas entranhas desta embarcação concebida para nos eliminar.

Para não correr o risco de serem pisoteadas por um desses ciborgues, algumas pessoas avançam rapidamente.

Eu não entendo. Contento-me em manter o ritmo dos robôs. Quero viver cada minuto, cada segundo, desfrutar meu último suspiro até o final, respirar mais uma vez além do previsto, como uma resposta aos monstros que nos enviaram para cá. Esses homens desprovidos de consciência, que nem mesmo são capazes de fazer o trabalho sujo, preferindo confiá-lo às máquinas. Dezenas de insultos vêm à minha boca, mas os detenho. Que diferença faz? Apenas serviria para assustar Zach. O terror que leio em seus olhos verdes já diz tudo. Ele entende? Não sei. E não tenho coragem de perguntar.

A procissão fúnebre avança sem descanso até uma imensa porta. Os robôs nos pressionam contra as paredes de aço e param. Do outro lado da porta, tenho a impressão de ouvir gritos. Minha mente está brincando comigo? Apuro a audição. Se houve gritos, eles pararam. O silêncio cai sobre nós como um manto depois dessa longa progressão ritmada pelos passos dos ciborgues. Ao meu redor, as famílias se abraçam numa última comunhão, cheia de amor e resignação. Percebo que minhas mãos tremem. Meu pai as pega entre as suas. Uma lágrima corre em seu rosto.

Um apito intenso ressoa do outro lado da porta.

– Despressurizaram a câmara de ar! – disse uma voz.

– Meu Deus, vão nos jogar no espaço!

– Socorro! – gritam à minha direita.

Agora os gritos são marcados pelo terror. Fico em silêncio. Quem poderia nos ouvir?

Como será ser confrontado no vazio do espaço?

As garras de aço se abrem com um rangido lúgubre, revelando um imenso salão, capaz de receber, pelo menos, dez mil pessoas. Não há nenhum rastro dos colonos que nos precederam. Ao fundo da imensa sala, diversas escotilhas translúcidas parecem nos observar através de suas órbitas vazias. Em segundo plano, distinguimos uma superfície acinzentada. – É a Lua –, sugere um de nossos companheiros de sofrimento. Não sei se ele tem razão, mas é possível. Começo a entender o que vai acontecer conosco. Olho para os lados da sala e minha intuição se confirma. Cilindros enormes prontos para começar a trabalhar. Imagino que o chão vai se inclinar em direção às câmaras abaixo... Seremos ejetados para a Lua. Como uma confirmação de meus medos, vejo uma jaqueta presa em um braço de metal. Com certeza foi arrancada de um infeliz pela despressurização.

Minhas últimas esperanças se vão quando a parede de robôs retoma sua progressão atrás de nós, nos empurrando para a sala. Alguns tentam de tudo e se jogam contra os ciborgues. Os lasers crepitam, os corpos se amontoam. A maioria das pessoas se deixa guiar para dentro da sala. Quando todos estão em seus lugares, os robôs jogam, de qualquer jeito, os cadáveres ainda fumegantes no salão. O barulho dos corpos sem vida batendo no solo é repugnante. Alguns vomitam. Eu não achava que fosse deixar este mundo em meio a tamanho caos. Jamais serei velha e enrugada como minha amiga Karina. A porta começa a se fechar. O fim está próximo. Aperto Zach em meus braços e fecho os olhos.

Então espero.

Agora, não deve demorar muito.

Espero, até que não soframos mais.

Os segundos fluem.

Acabo reabrindo os olhos. Os dentes de ferro não estão fechados, como se o monstro se recusasse a nos engolir.

Ainda mais surpreendente, vejo as mandíbulas se soltando, até abrirem completamente. Um murmúrio percorre a multidão. Ao longe, uma nave se aproxima. Ela voa baixinho pelo longo corredor que nos conduziu até aqui. Finalmente, ela pousa atrás da parede de robôs. Todos os olhares se voltam para a máquina espacial. As portas da nave se abrem e surge uma escada. Um uniforme branco brilhante aparece. Um uniforme de Intocável.

Quando os cachos louros de Orion surgem, eu quase desmaio e caio em lágrimas.

38
ISIS

Orion.

O que ele faz aqui?

Veio por minha causa? Na mesma hora, rejeito essa ideia idiota. Por que estaria aqui por minha causa? Eu o observo. Ele examina a multidão procurando alguma coisa, ou alguém. Quando vejo uma silhueta conhecida por trás do ombro de Orion, todas as minhas dúvidas se dissipam. Orion e Flynn na mesma nave não pode ser uma coincidência... Estão aqui para me salvar!

Tanto quanto possível, abro caminho no meio das pessoas e me aproximo da parede intransponível de robôs. Tentam me impedir. O medo paralisa todo mundo. Entendo. Sou a única que sabe que a chegada dessa nave é a melhor coisa que poderia nos acontecer. Avanço direto até os robôs, ignorando os conselhos de prudência que surgem às minhas costas.

Os dois guarda-costas de metal se afastam para me deixar passar, mas as outras pessoas continuam proibidas. A surpresa delas aos poucos dá lugar a suspiros de alívio. Uma esperança tímida está de volta... Antes mesmo que eu possa me aproximar da nave, Flynn corre ao meu encontro e me levanta, literalmente, do chão. Ele me gira ao seu redor como se faz com uma criança.

– Obrigada. Não sei como você fez, mas obrigada! Você acaba de salvar a nossa vida...

As lágrimas correm pelo meu rosto. Meu alívio é imenso.

– Achava que nunca mais iria ver você! – diz Flynn. – E quanto aos agradecimentos, é melhor falar disso com Orion... – ele diz me soltando.

Abraço Flynn como a um irmão e dou um passo em direção a Orion. Ele não se mexeu. Grandes olheiras e uma profunda preocupação marcam seu rosto. Apesar de seu uniforme branco, com sua nave em segundo plano e as dezenas de robôs ao seu redor, ele parece uma criança frágil.

Nossos olhares se cruzam. O aço de seus olhos azuis derrete a esmeralda dos meus. Esqueço tudo o que nos separa. Só quero uma coisa: que ele avance em minha direção e me abrace também. Terá coragem? Ele me estende a mão.

Tenho a impressão de reviver a cena que ocorreu na frente da escola, quando colidimos. Parece que foi em outra vida...

Desta vez ninguém poderá me impedir de pegar aquela mão estendida, nenhum cartaz, nenhuma regra idiota, nem mesmo esses robôs armados até os dentes, que poderiam me abater. Fecho os olhos e deslizo minha mão na de Orion.

Ficamos muito tempo frente a frente, sem dizer uma palavra.

– Obrigada, Orion. Obrigada por não me abandonar.

– Não poderia ser diferente. Eu... eu não poderia perder você.

Quero me jogar em seus braços. Mas não é o momento.

– Acho que é necessário dizer a toda essa gente que estão salvos – digo, desviando meu olhar.

– Eu faço – diz Orion.

Com um passo pouco seguro, ele avança para o meio da multidão. Uma inquietação me assalta. E se os colonos enganados decidirem descontar nele? Mas logo relaxo. Ninguém faz qualquer movimento em sua direção. Apenas os olhares o seguem, atraídos como ímãs. Fico surpresa com o com o vislumbre de admiração no olhar de Flynn. Esses dois terão muito o que me contar...

– Meu nome é Orion Parker – ele diz em voz bem alta. – Sou filho de Arthur C. Parker, presidente das empresas Parker e presidente de honra do Projeto New Earth. Há alguns dias descobri a terrível verdade sobre o NEP. New Earth não passa de uma miragem. Nenhum colono jamais colocou os pés lá. Ao longo dos últimos dez anos, um pouco mais de 500 milhões de seres humanos, vindos de todo o mundo, encontraram a morte a bordo desta nave-mundo.

– É uma vergonha! – levanta uma voz.

– Assassino! – responde outra.

Um véu de vergonha cai sobre o rosto de Orion. Ele levanta a mão para acalmar a multidão.

– Vocês têm razão. Meu pai é um assassino. Ele queria fazer história, queria que seu nome fosse lembrado por gerações. Está feito. Arthur C. Parker ficará na memória como o pior carrasco que nosso planeta já conheceu, superando os maiores torturadores e ditadores de nossa história. Não posso apagar todo o mal que ele fez, mas hoje, perante vocês e perante a Terra inteira, me comprometo a utilizar até o último centavo da fortuna acumulada pelas empresas Parker para deixar este mundo melhor.

– Isso não passa de um belo discurso!

– Morra!

Os cliques metálicos ressoam. Diante da agressividade do grupo, os robôs se reativam para proteger Orion.

– Não! – ele grita em direção aos robôs. Não intervenham!

Então, se volta novamente para a multidão:

– Não me esconderei atrás dessas máquinas. Não sou meu pai. Entendo a raiva de vocês. Em seu lugar, reagiria da mesma forma. Mas saibam que, enquanto estou falando com vocês, meu pai já deve estar preso por causa das provas que divulguei hoje pela internet.

As pessoas se acalmam um pouco. É possível? É viável que esse jovem esteja dizendo a verdade?

Um silêncio de perplexidade se instala. Nos rostos, um alívio misturado com desgosto toma o lugar da raiva. A adrenalina diminui um pouco, deixando a multidão atordoada. Todos têm consciência de terem chegado perto da morte. E todos querem acreditar em Orion Parker, mesmo que a raiva ainda esteja ali, pronta a ressurgir a qualquer momento. Quase sem consciência, os punhos relaxam, os ombros caem, as mandíbulas perdem a rigidez.

– Como faremos para voltar para casa? – de repente pergunta uma mulher, que tem um recém-nascido nos braços.

– Os ônibus espaciais virão pousar atrás da minha nave. Eles os levarão de volta à Terra – responde Orion de forma tranquila.

Como prova de sua afirmação, uma primeira nave aterrissa seguida de dezenas de outras. Num concerto de roncos e sopros, as máquinas espaciais se posicionam num balé orquestrado. Os sobreviventes seguem em sua direção, primeiro timidamente, depois em quantidade, como se duvidassem que houvesse lugar para todos.

Olho para Orion. Ele olha nos olhos de cada pessoa que passa à sua frente. Parece que quer gravar seus rostos na memória, para jamais esquecê-los... Coloco-me ao seu lado, para lhe dar apoio, e pego sua mão. "Uma coisa de cada vez", penso...

Dúvida, raiva, tristeza, medo. A diversidade de expressões que se sucedem nos lembra o quão terrível foi o que se passou ali. Lágrimas enchem meus olhos novamente. Eu as deixo correr. Quando chega a vez de meus pais e de meu irmãozinho, minha garganta aperta. Nenhum som consegue sair da minha boca. Meu pai para em frente a Orion.

– Obrigado – se contenta em dizer.

Por sua vez, estende a mão a Orion, que a aceita. O aperto de mãos dura longos segundos.

– Podemos entrar na sua nave? – pergunta meu pai.

– Não quero mais que minha família se separe.

– Claro – responde Orion. – É o mínimo que posso fazer.

Ainda incapaz de falar, caio nos braços de meu pai e coloco a cabeça em seu peito. Como quando eu era pequena, ele acaricia meus cabelos.

39

ISIS, ORION

Embarcamos na nave. Zach está muito agitado. Parece ansioso em voltar para a zona molhada. Meus pais se instalam nas poltronas confortáveis, ao lado de meu irmão. A mão de meu pai não larga a da minha mãe. De minha parte, tento controlar o tremor que parece não querer me deixar. A passagem da condição de condenados à morte para a de homens e mulheres livres é brusca. Bastante reconfortante, é claro, mas difícil de aguentar. Sinto a adrenalina diminuir gradualmente nas minhas veias, e uma bem-vinda apatia aos poucos toma conta de mim. Então me deixo cair numa poltrona ao lado de Flynn.

Ele me conta, em detalhes, os obstáculos que tiveram de superar para nos salvar. Aos poucos entendo que sobrevivemos por um milagre e não paro de olhar para a escotilha. Orion está lá fora para garantir que cada um de nossos companheiros de sofrimento tenha um lugar para retornar à Terra. Longos minutos se passam, então Orion se junta a nós.

– Tudo certo – ele diz. – Todos estão embarcados em um ônibus espacial.

Atrás dele, a porta deslizante se fecha.

Orion baixa a cabeça e cai de joelhos. Eu me levanto e corro para o seu lado.

– Orion, tudo bem? – pergunto.

Quando ele levanta os olhos em minha direção, vejo que não. A máscara de segurança e de força usada para se expressar frente aos futuros colonos se quebrou no momento em que a porta da nave fechou.

Mordo meus lábios, me xingando por ter feito uma pergunta tão idiota. Como poderia estar?

– Os olhares deles, Isis... Acho que jamais poderei encará-los...

Lentamente, tomo Orion nos meus braços.

– Eles me olhavam com tanta raiva...– ele murmura.

– Como se... como se eu também fosse um monstro.

Adoraria ter palavras para confortá-lo, mas nada era forte o suficiente. A reação de toda aquela gente pode ser violenta, porém é mais do que compreensível.

– Lamento – digo.

Um pesado silêncio se instala. Ficamos juntos por um bom tempo, então Orion se afasta um pouco. Arthur C. Parker aparece em close, algemado, na tela de TV da nave que mostra imagens de um canal de notícias.

Lágrimas correm pelo rosto de Orion.

– É meu pai – ele sussurra. – É um assassino, mas continua sendo meu pai...

– Eu sei. O que você fez exigiu uma coragem rara. E vai precisar de mais ainda nos próximos dias...

– Não posso levar esse fardo. Qualquer coisa que eu diga, qualquer coisa que eu faça, sempre serei o filho de Arthur Parker, o homem que massacrou milhões de inocentes.

– Isso você nunca poderá mudar, Orion, mas pode usar o dinheiro do seu pai para ajudar as pessoas...

– Isso está além das minhas forças, Isis. Não consigo...
– Então faremos juntos.
Minhas palavras parecem tocá-lo. Ele me puxa. Vai me beijar. Abro os lábios e me deixo levar. Ele tem um gosto doce e cheira muito bem... Uma onda de calafrios me percorre da cabeça aos pés. Quando abro meus olhos de novo, eles confirmam a doce sensação que senti. Não estou sonhando. Orion Parker acabou de me beijar na frente de Flynn e de meus pais. Eu coro, e sorrio.
– Alguma coisa engraçada? – ele pergunta.
– Um pouco embaraçosa... – digo a mim mesma que esse não era o lugar mais adequado para um primeiro beijo.
Flynn e meus pais não fazem nenhum comentário, porém, do alto de seus seis anos, o mesmo não acontece com Zach:
– Isis tem namorado, Isis tem namorado! – ele grita para quem quiser ouvir.
Uma risada contagiante se espalha por todos e acaba por dissipar meu constrangimento.
Um bip interrompe o bom humor geral.
Orion se aproxima do console central e arregala os olhos ao descobrir o conteúdo da mensagem. Ele se vira para nós.
– É o presidente – ele diz em choque. – Está a caminho da aerobase e vai nos esperar lá. Quer que eu participe de uma coletiva de imprensa.
– Quanto tempo até chegarmos à aerobase? – pergunto.
– Hã... não sei. Duas horas. Talvez menos...
– Então, nos restam duas horas para decidir o que você dirá ao mundo...
– O que nós diremos ao mundo... – ele corrigiu, com o olhar quase suplicante.

Após um momento de hesitação, dou um sorriso reconfortante e respondo:

– O que nós diremos ao mundo.

De repente, Orion parece estar aliviado e, com Flynn e meus pais, começamos a listar o que nos parece importante.

40
ISIS, ORION

– Pronto?

Olho pela escotilha. Centenas de jornalistas armados com câmeras de última geração. Os drones de diferentes canais de notícias são tantos, que nos perguntamos como fazem para compartilhar o céu. Toda essa gente me faz pensar em um bando de lobos famintos, prontos a nos devorar. Ao centro de toda essa agitação, um palco, iluminado por refletores, sobre o qual nos espera o presidente dos Estados Unidos. Ele está ereto como um I, com o rosto sério.

– Tem certeza que está...

Não deixo Orion terminar.

– Tenho.

Nunca coloquei tanta convicção numa mentira. Não, não estou pronta. Como estar pronta para enfrentar um batalhão de Intocáveis e encarar câmeras do mundo inteiro? Mas Orion precisa de mim. É minha vez de apoiá-lo. Respiro fundo e me deixo levar. Descemos da nave de mãos dadas. Os flashes disparam. Um murmúrio percorre o grupo... Orion me leva à plataforma, onde tomamos nossos lugares, atrás do presidente.

À nossa frente, os jornalistas. Ao longe, atrás das grades de proteção, milhares de pessoas têm os olhos grudados na tela gigante que transmite nossas imagens ao vivo. É a primeira vez que me vejo em close. Sensação estranha. Desvio o olhar. A coletiva de imprensa vai começar. Uma jornalista muito conhecida, da qual não lembro o nome, faz a primeira pergunta.

– Senhor presidente, pode confirmar todos os boatos que estão circulando sobre o Projeto New Earth?

– Não estamos falando de boatos, Magdalena. Falamos de mais de 500 milhões de mortos. Estamos falando do maior genocídio já cometido pelo ser humano. Nenhum colono jamais colocou os pés na Nova Terra. Por isso, antes de responder a qualquer pergunta, gostaria que guardássemos um minuto de silêncio em memória de todos os que foram vítimas dessa tragédia.

O pedido do presidente não levanta qualquer objeção. Segue-se um momento de rara intensidade. Nenhum barulho perturba o silêncio. Tenho a impressão de estar no olho de um furacão e espero o momento da tempestade começar. Não tarda. O bando de jornalistas está longe de estar satisfeito. Uma primeira pergunta, quase tímida, cautelosa...

– Como uma coisa assim pode acontecer?

– É a pergunta que todos nos fazemos – reconhece o presidente. – Eu nunca poderia ter imaginado tamanho horror. A propósito, ninguém poderia imaginar. Todos nós acreditamos no milagre de New Earth. O milagre não passava de uma miragem. Em nome do governo dos Estados Unidos da América, apresento oficialmente minhas sinceras condolências a todas as famílias das vítimas. Lamento, em particular, por todas as nações aliadas que acreditaram conosco nesse projeto e que confiaram nas empresas Parker, o carro-chefe de nossa indústria. Mais uma vez, apresento a elas minhas desculpas e prometo que toda a verdade e a responsabilidade de cada um nessa tragédia serão conhecidas.

– É verdade que o próprio Orion Parker incriminou o pai?

– Orion, vou deixar você responder a essa pergunta – diz o presidente.

Orion avança. Os drones-câmeras giram pelo palco como um enxame diabólico. Não se pode perder um detalhe desse espetáculo.

– Sim, é verdade. O que mais eu poderia fazer? Quando descobri a verdade, há alguns dias, tomei minha decisão. Eu era uma das pouquíssimas pessoas que poderia dar um fim ao massacre.

– O que o levou até essa verdade? – pergunta outro jornalista, cujo cachecol brilhante não passa desapercebido.

– Minha ligação à pessoa que está ao meu lado me levou a ter um interesse maior no projeto New Earth. Uma mancha na fuselagem da nave-mundo 523, no formato de O, que eu já tinha visto há dez anos, na época da inauguração da primeira embarcação desse tipo, despertou minhas suspeitas. Seria possível que as centenas de naves que deveriam ter partido para New Earth nunca tivessem existido? Essa pergunta me levou a buscar a ajuda de um jornalista que passou muito tempo pesquisando sobre o projeto NEP, mas cujas descobertas foram abafadas. Mas você sabe muito bem disso, senhor Harris, já que é de você que estou falando... As conclusões e os detalhes de sua pesquisa foram postados na internet, e não tenho nenhum outro comentário sobre o assunto.

Um barulho agita a multidão de jornalistas, e Harris se torna, por alguns segundos, o centro de todas as atenções.

– Como já disse – retoma o presidente, assim que a agitação diminui –, dei início às investigações visando determinar o grau de implicação de cada um nessa loucura. E posso garantir que Parker não será o único a cair. Ele tinha diversos cúmplices. Nos próximos dias, as prisões se sucederão.

– Qual é o futuro das empresas Parker? – pergunta outro jornalista.

– As empresas Parker vão reembolsar todos os países que participaram do Projeto New Earth – responde Orion –, e dedicarei os fundos restantes a mudar as coisas na Terra.

– E como você vai fazer? – pergunta uma mulher com a voz tingida de desprezo. – Vai abrir as redomas?

O presidente balança a cabeça com firmeza.

– Não. Por enquanto as redomas continuarão a existir, é claro. Mas há esperança de uma vida melhor fora delas. Propus a Orion Parker associar nossos recursos para fazer mudanças, graças a diversas medidas ambiciosas.

Dou uma olhada em direção ao presidente. Ele é muito cara de pau. Foi Orion que sugeriu essas medidas! E isso, poucos minutos antes do início da coletiva de imprensa! Orion me olha resignado. Parece menos surpreso do que eu pela traição presidencial. Com um leve movimento de cabeça, me diz para não reagir. Então deixo o presidente levar todo o crédito por nossa reflexão conjunta.

– A partir do próximo mês – declara o presidente –, graças aos fundos reembolsados pelas empresas Parker, vou implementar escolas gratuitas para todas as crianças de seis a quatorze anos dos Estados Unidos. A educação, por si só, dará a cada uma oportunidades de ascensão social. Isso levará tempo, mas estou convencido de que essas mudanças tornarão possível a construção da Nova Terra. Não a bilhões de quilômetros, mas aqui, no nosso planeta. Não prometo trazer o Sol de volta, como declarava Arthur C. Parker a quem quisesse ouvir, mas prometo tentar atenuar a escuridão em que estamos mergulhados e de fazer surgir algumas notas de cor...

Essas palavras não são do presidente, mas de Orion. Como se tivesse atingido seu limite em matéria de trapaça, ou de habilidade política, dependendo do ponto de vista, ele se volta para nós:

– Vou deixar que Orion Parker apresente a vocês as outras medidas nas quais pensamos...

– Obrigado, senhor presidente – diz Orion. – A partir de amanhã, com a ajuda da nova vice-presidente das empresas Parker, Isis Mukeba, aqui presente, colocaremos online um guia explicando os princípios de uma agricultura alternativa, que permitirá aos cidadãos produzirem seus próprios legumes.

– Sem a proteção das redomas é impossível! – se rebela um jornalista.

Mal recuperada de minha nomeação surpresa à vice-presidência das empresas Parker, me apresento para apoiar Orion.

– Garanto pelo que é mais sagrado que é possível – digo.

E explico como Flynn e eu conseguimos esse feito. No meio dos jornalistas, vejo meus pais, que confirmam o que eu digo. Agradeço em silêncio a Orion por permitir que eles estejam na primeira fila, participando da coletiva de imprensa.

– É muito possível – confirma Harris, o jornalista do cachecol brilhante. – Essa agricultura já existe, iniciativa de pequenos grupos que produzem legumes em segredo.

Os diversos acenos de cabeça provam que a ideia começa a se concretizar. Orion, satisfeito, prossegue seu discurso.

– Depois da educação e do acesso à comida, me parece vital devolver o trabalho aos cidadãos. Eliminando um posto robotizado a cada dois em todas as fábricas das empresas

Parker e substituindo as máquinas por homens, poderei criar milhões de empregos...

Desta vez, sinto que as palavras de Orion atingem o alvo. Na tela gigante, vemos diversos sinais de aprovação no meio da multidão que está reunida ao redor da aerobase do NEP.

Não sei de onde parte o primeiro aplauso, tímido, quase inaudível, mas aos poucos as mãos começam a aplaudir. Não é bem uma ovação. Todos têm em mente as milhões de pessoas que perderam a vida na nave-mundo. Em particular do outro lado da cerca, onde os colonos salvos no limite estão perdidos no meio da multidão e lançam um olhar desconfiado para Orion. No entanto, todos querem compartilhar essa grande esperança, esse sonho de ver a situação melhorar um dia. Com lágrimas nos olhos, encaro Orion e também aplaudo.

O Futuro, com um F maiúsculo, começa hoje, a algumas centenas de quilômetros da minha casa. Pela primeira vez na minha vida eu também tenho a impressão de que as coisas podem mudar.

41

VAN DUICK, MIRANDA, FLYNN, KARINA

Mark Van Duick se levantou sem fazer barulho. Então, se vestiu, observando sua esposa dormir. Deus, como ela era linda... Naquela manhã, pela primeira vez em muito tempo, se sentia em plena forma. Essa renovação de energia era devida ao telefonema que recebera na véspera. O presidente em pessoa o havia contatado para propor que dirigisse o novo programa de educação destinado aos habitantes dos bairros pobres.

No início, achou que era uma brincadeira. Ele, o militante dos direitos humanos, o professor pestilento, à frente da escola para todos? Mas o presidente não estava brincando. Sua proposta vinha acompanhada de uma carta de Orion Parker. O jovem confiava nele o suficiente para soprar seu nome no ouvido do presidente...

Van Duick aceitou. O que mais poderia fazer? Sonhara com esse momento toda a sua vida, com o dia em que as coisas poderiam finalmente mudar, em que o rolo compressor dos Intocáveis cessaria de esmagar o restante da população. Foi preciso a morte de milhões de pessoas para que esse momento chegasse. Era terrível, mas era também o nascimento de uma esperança inacreditável. Ele nunca pensou que pudesse contribuir para essa mudança e, menos ainda, que estaria por trás de sua origem graças ao TP social que implementara durante seu curto período como substituto na escola mista. Em sua carta, Orion Parker lhe agradecia por ter aberto seus olhos...

Um gemido tirou Van Duick de seus pensamentos. Sua esposa acabara de acordar.

– Mas o que você faz acordado a essa hora? – ela suspirou.
– Quero ver o nascer do Sol.
– Na redoma?
– Não, lá fora.

Satia Van Duick se sentou perplexa.

– Mas você não vai ver nada. Sabe muito bem que o céu está sempre cinza...

– Tenho a impressão de que o cinza acabará se dissipando – disse Van Duick, dando um beijo na testa da esposa.

Então saiu de seu apartamento e se dirigiu para a favela. Muitas ideias fervilhavam em sua cabeça sobre o futuro funcionamento da escola para todos, sobre a infraestrutura a ser criada, sobre os milhares de professores a serem recrutados, e logo estava na porta principal da redoma. Apesar da hora, outros madrugadores faziam fila na frente da guarita. Van Duick franziu a testa. Roupas luxuosas, malas cheias até a boca, tristeza... Aquela gente não estava lá para assistir o nascer do dia... De repente, ao reconhecer uma de suas ex-alunas, o professor entendeu. Os cachos louros de Miranda Bergson iriam perder seu brilho do outro lado da redoma... Van Duick tinha visto nos noticiários que o pai dela fora preso e todos os seus bens confiscados após a investigação que visava identificar os responsáveis pelos crimes atribuídos ao NEP. Apesar do pouco tempo passado na escola mista, Van Duick nunca tinha gostado daquela aluna. No entanto, sentia, sim, certa pena da jovem, cujo mundo acabara de desabar...

* * *

Miranda baixou o rosto. Não queria que a reconhecessem no meio da fila de párias forçados a deixar a redoma. Em seu coração, uma série de sentimentos se misturavam como uma dança cruel que parecia não querer deixá-la jamais. Antes de tudo, sentia uma imensa raiva do pai que a havia arrastado para essa situação. Também se ressentia de Orion, que traíra seus companheiros, e, pior ainda, tinha preferido Isis Mukeba. Na verdade, se ressentia do mundo inteiro. Essa onda de raiva era acompanhada por um profundo sentimento de vergonha. Desde que conseguia se lembrar, todos a olhavam com inveja ou, no mínimo, com medo. Mas hoje, nos olhos dos Intocáveis que cruzaram seu caminho, ela sentiu desdém e até mesmo certo desprezo. E ainda pior... Havia aquela expressão, que captou com surpresa no olhar do professor Van Duick quando ele descia a rua alegre: de pena. Miranda Bergson inspirava pena em seu antigo professor. Irônico!

Alguns dias antes, um simples comentário tinha sido o suficiente para que sua mãe pegasse o telefone e mandasse a administração colocar aquele professorzinho de segunda classe em seu lugar. Mas essa época tinha acabado. E por boas razões! Os Bergson não possuíam mais nada. Nem casa, nem carro, nem móveis. Mal tinham podido levar uma mala com algumas roupas. A prisão do pai de Miranda pôs fim aos seus privilégios. Era preciso reembolsar os bilhões de dólares desviados pelo NEP, e o patrimônio dos acusados estava sendo impiedosamente dissolvido, até o último centavo.

Com os maxilares cerrados, Miranda apresentou seus documentos ao policial do posto de controle. Com um gesto de cabeça, ele indicou que ela podia passar para o outro lado. Com esse gesto insignificante, ele a privava de tudo que fizera dela Miranda Bergson. A partir daquele momento, não fazia mais parte dos privilegiados que ignoravam o declínio do mundo exterior. Ela se tornara uma habitante das favelas. Uma entre muitos... E, além da raiva e da vergonha, um novo sentimento terrível, atroz, apareceu. Pela primeira vez na vida, Miranda Bergson sentiu medo. Um medo visceral, quase palpável, de tão forte. Ela jamais poderia sobreviver fora da redoma... Como um autômato, se deixou levar pela mãe, que tentava manter as aparências, caminhando com segurança, cabeça erguida, e encarando os olhares dos habitantes dos bairros de baixa renda sobre o cortejo. Mas Miranda não se deixou iludir. Era preciso enfrentar. Mostrar a esses Cinzas que os Intocáveis, mesmo depostos, ainda eram superiores...

* * *

Munidas de um mapa malfeito, Miranda e sua mãe andavam por vielas estranhas que agora faziam parte de seu novo universo. Não era exatamente um endereço, e seu caminho, permeado de erros e incontáveis idas e vindas, pareceu durar horas. Chegaram a imaginar que estavam dando a elas informações falsas apenas pelo prazer de vê-las andando em círculos. Por fim, as duas mulheres colocaram as malas em frente a uma torre de seis andares, em ruínas.

– É aqui – disse Irina Bergson.

Miranda não fez nenhum comentário. O porteiro de sua "nova casa" apareceu no hall de entrada.

– São as novas?

Irina Bergson acenou com a cabeça.

– Têm sorte. Não é todo dia que preciso substituir o pessoal da manutenção.

– Estou muito grata por nos dar essa chance, senhor – disse Irina Bergson.

Miranda franziu a testa. Sua mãe percebeu a careta e sussurrou secamente:

– Não faça essa cara. Não temos mais um centavo. Achava que seríamos acolhidas de braços abertos na favela?

Miranda segurou até o último instante o comentário que queimava em sua boca.

O porteiro as convidou a entrar.

– Vocês morarão embaixo, no térreo. Mesmo em épocas de enchente, não somos muito inundados. Dez, quinze centímetros no máximo...

Miranda se perguntou se ele estava brincando. Com certeza, não.

– Você se encarregará dos pisos de cada andar e das escadas – ele prosseguiu num tom neutro, olhando para a mãe de Miranda. – Quanto a você – disse, olhando para a jovem –, se encarregará dos baldes.

– Dos baldes? – perguntou Miranda.

– Aqui não temos banheiros – explicou o porteiro. – Todas as manhãs, as pessoas colocam os baldes na porta contendo, enfim... você sabe o que quero dizer...

No rosto de Miranda, uma expressão de horror.

– Você quer que eu carregue a bosta e o mijo de todos os moradores? – ela rosnou.

– Se isso não interessa a vocês, tenho uma lista imensa de candidatos que...
– Não. Nos interessa sim – interrompeu Irina Bergson. – Miranda se encarregará muito bem dessa tarefa. Não é, Miranda?
– Sim, mãe... – respondeu quase chorando.
– Então, perfeito. Aqui estão suas chaves. Miranda, você pode começar com o balde em frente à minha porta, no fundo do corredor. A fossa fica logo no fim da ruela, mais ou menos a uns cinquenta metros.

De cabeça baixa, Miranda caminhou até o balde. Tentou pegá-lo com a ponta dos dedos, mas era muito pesado, e precisou utilizar as duas mãos. Quando se viu na rua, dedos apertados na alça do balde e narinas assoladas por aromas nada agradáveis, sentiu-se bem menos superior. Aos poucos tomava consciência de sua nova condição de Cinza e de tudo o que isso significava. Com lágrimas nos olhos, tentava se lembrar das indicações do porteiro. Uma voz a tirou de seus pensamentos.

– Bem-vinda ao nosso lar.

Miranda levantou a cabeça. Flynn a olhava de um jeito indecifrável. Miranda suspirou. Dos milhões de habitantes que povoavam Nova York, ela tinha que encontrar justamente aquele com quem não queria cruzar...

– Você está aqui por acaso, é claro...– ela disse com um tom carregado de ironia.

– Não – respondeu Flynn. – Ouvi dizer que você "deixou" a redoma. A zona molhada, meu bairro, fica bem no final desta rua. E, para ser franco, não queria perder sua chegada por nada nesse mundo. Pequena vingança pessoal, de certa forma...

– E agora? Está feliz?

Flynn fez uma pausa antes de responder.

– Surpreendentemente, não. Ver você no meio desta rua, com esse balde na mão, não me deu tanto prazer quanto eu imaginava. Na verdade, acho que Isis tem razão. O que é preciso não é privar os Intocáveis da bela vida que têm, mas garantir que ninguém seja forçado a viver como nós. Vem comigo, vou mostrar onde fica a fossa...

* * *

Karina observava a cena, algumas dezenas de metros abaixo, sentada em frente à sua cabana. A audição da idosa tinha sofrido com o peso dos anos, mas seus olhos jamais haviam falhado, e ela passava a maior parte de seu tempo observando as pessoas, sem se mexer. O que acabara de ver era a prova de que a semente plantada por Isis iria se tornar a mais bela das flores. Quem poderia acreditar que o jovem Flynn, um dia, ajudaria uma Intocável?

Karina era velha, muito velha mesmo para uma moradora da favela. Instalada em frente à sua cabana, vira centenas de vidas passarem. Mas nunca, até aquele exato momento, sentira tanta esperança. Pela primeira vez em sua longa existência tinha a impressão de ver o nascimento de uma geração capaz de conjugar a vida no futuro, e não apenas no presente. Aquelas crianças que vira crescer levavam consigo a semente de uma sociedade mais justa...

Um provérbio ameríndio que sempre repetia seu avô lhe veio à mente:

"Não herdamos a Terra de nossos ancestrais, nós a emprestamos de nossos filhos..."

Esse foi o último pensamento de Karina, que morreu em silêncio em frente à sua pequena cabana, com um sorriso confiante marcado para sempre em seus traços enrugados...

42
ISIS

Amo Orion.
Juntos, vamos tentar mudar o mundo.

Agradecimentos

Como sempre, a escrita de um romance está longe de ser uma longa aventura solitária. Gostaria de agradecer aos meus primeiros leitores, Virginie e Sylvie, pela ajuda...

Igualmente obrigado a toda a equipe da Didier Jeunesse, sempre ótima! Sem os conselhos de Mélanie Perry, este romance seria bem diferente.

Por fim, é claro, um pensamento para Aurélie Soubiran, que partiu para o mundo da bolha, e não aquele no qual acreditamos... Brindo à sua saúde!